THE WIZENARD SERIES: TRAINING CAMP
巫兹纳德系列：训练营

雨神

[美] 科比·布莱恩特　创作

[美] 韦斯利·金　执笔

杜　巩　王丽媛　林子诚　译

中国·北京

图书在版编目（CIP）数据

训练营 /（美）科比·布莱恩特创作；（美）韦斯利·金执笔；杜巩，王丽媛，林子诚译.—北京：金城出版社有限公司，2019.9（2020.3重印）
（巫兹纳德系列）

ISBN 978-7-5155-1888-6

Ⅰ.①训… Ⅱ.①科… ②韦… ③杜… ④王… ⑤林… Ⅲ.①长篇小说-美国-现代 Ⅳ.①I712.45

中国版本图书馆CIP数据核字(2019)第189336号

THE WIZENARD SERIES: TRAINING CAMP
Created by Kobe Bryant, Written by Wesley King
Copyright © 2019 by Granity Studios, LLC
Published by arrangement with Granity Studios, LLC through Shanghai Mailman Business Consulting Co., Ltd.
Simplified Chinese edition copyright :
2019 Gold Wall Press CO., LTD.
ALL RIGHTS RESERVED

巫兹纳德系列：训练营

创　　作	［美］科比·布莱恩特
执　　笔	［美］韦斯利·金
译　　者	杜　巩　王丽媛　林子诚
责任编辑	李轶武
责任印制	李仕杰
文字编辑	李明辉　许　姗
开　　本	880毫米×1230毫米　1/32
印　　张	25.5
字　　数	570千字
版　　次	2019年9月第1版
印　　次	2020年3月第2次印刷
印　　刷	鑫艺佳利（天津）印刷有限公司
书　　号	ISBN 978-7-5155-1888-6
定　　价	168.24元

出版发行	金城出版社有限公司　北京市朝阳区利泽东二路3号　邮编：100102
发 行 部	（010）84254364
编 辑 部	（010）64391966
总 编 室	（010）64228516
网　　址	http://www.jccb.com.cn
电子邮箱	jinchengchuban@163.com
法律顾问	北京市安理律师事务所　18911105819

当我年轻时，无比期待能有《训练营》这样的故事激励我前进，这是我创作这本魔幻体育小说的动力之源。希望这本书能激励当今的年轻人，成长为更好的自己。

——科比·布莱恩特

致我的巫兹纳德们——

比尔·拉塞尔、泰克斯·温特、菲尔·杰克逊、

格雷格·唐纳。

感谢你们奉献时间精力，对运动员谆谆教诲。

让大家明白，真正的魔法其实源自内心。

而学习掌握魔法，只需要让想象力自由翱翔。

——科比·布莱恩特

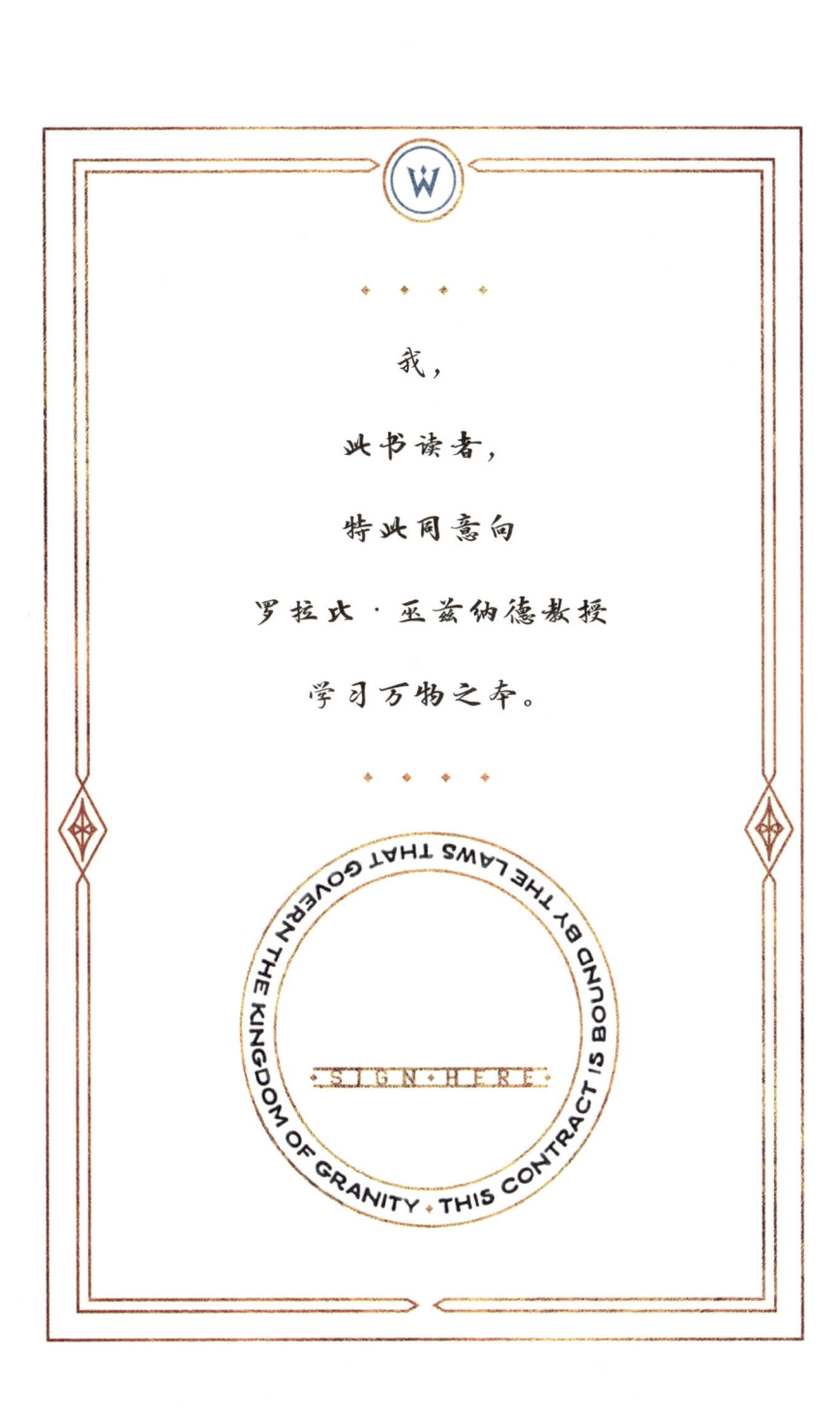

我，

此书读者，

特此同意向

罗拉比·巫兹纳德教授

学习万物之本。

导读

《哈利·波特》+《权力的游戏》+《灌篮高手》= ？

科比·布莱恩特创作的第一部小说——《巫兹纳德系列：训练营》英文版今年 3 月 19 日在美国发行。一经上市，就迅速登上《纽约时报》畅销书排行榜榜首。亚马逊评分一度高达 4.8 分（满分 5 分）。

但销量和好评，并不足以满足作家科比的野心。他想要的，远比这些更多、更大。

科比的目标，是让这本书进入全美乃至全世界的学校，让更多年轻人有机会读到，通过阅读这本书来改变自己，从而切切实实改变这个世界。

帮助下一代年轻人认识自我、释放潜能，是科比人生下半场的最大愿景。为了实现这个愿景，他选择了最强有力的武器——讲故事。

美剧《权力的游戏》第八季的终局时刻，"小恶魔"提利昂对七大王国的领主说出这样一句话："世界上最有权力的，莫过于一个好故事。"

这句话应该也是科比的心声。正因如此，从球员生涯潇洒转身之后，他才会用"故事讲述者（Storyteller）"的身份来重新定义自己。

《巫兹纳德系列：训练营》，就是作家科比试图讲述的第一个好故事。

这个故事的创作冲动，应该来自一个灵光一现的想法："孩子们都喜欢体育，也都喜欢魔法，但为什么一直就没有一个体育魔法故事呢？"

科比带着这个疑问请教了好莱坞大导演 J.J.·亚布拉姆斯，这位执导过《星球大战·原力觉醒》和《星际迷航》的电影鬼才同样大惑不解。

最终，科比决定撸起袖子亲自动手，他要一个人开创出"魔幻体育"这个全新的故事派别。

他想到自己在费城的童年经历，想到篮球生涯中遇到的一个又一个伟大导师，想到每个赛季开打之前的迷你训练营……一个与"巫兹纳德"有关的架空世界开始显现出轮廓。

他把自己的想法讲给乔治·R.R.马丁（是他写出了《权力的游戏》的原著《冰与火之歌》）听，老爷子的第一反应是："太疯狂了吧？"

"疯狂？"——对"黑曼巴"科比来说，疯狂恰恰是最正常的状态。

在比赛中手指脱臼，他二话不说，强行把手指安回原位，继续上场打球。

开场前的热身训练，他发现以前能投进的球频繁被篮筐拒绝，于是找到球馆工作人员，告诉他们篮筐比标准高度矮了一点点儿。经过测量，确实矮了 1/4 英寸，大概 6 毫米。

当所有人都认为高帮篮球鞋更安全，他坚持把自己的签名鞋款改成了低帮设计。刚结束的 2018/2019 赛季，NBA 球员群体里最受欢迎的签名鞋款，正是科比系列。

更不用说，众所周知的"凌晨四点的洛杉矶"、"一个月自学弹奏《月光奏鸣曲》"和"告别战狂砍 60 分"这些段子……

不疯魔，不成活。

书名"巫兹纳德"（Wizenard），实际上就是一个文字游戏。拆解一下，Wizenard = Wiz + en + ard = Wiz + N' +ard = Wiz + and + ard，也就是说，Wizenard 实际上就是 Wizard 的变体。巫兹纳德，就是巫师。

如果仅仅只是"体育+魔法"，这样的想法其实不算有多么疯狂。故事本身也不算复杂：

一个名叫"德伦"的国度里，有一个名叫"波堕姆"的贫民区。全国最底层的百姓聚集在这里，过着穷困潦倒的生活，终日劳作、疲惫不堪，而且被禁止离开这个区域，唯一的逃离之道是靠打篮球获得大学奖学金。这里有一支中学篮球队"西波堕姆狼獾队"，常年在联赛排名垫底，由一批12岁左右的孩子组成。一个名叫"巫兹纳德"的神秘教练加入了这支球队，他把不可思议的魔法带到了为期10天的迷你训练营，孩子们不得不跟老虎打一对一攻防，穿上铠甲在球场上展开城堡攻守战，在云雾缭绕的高峰上用投篮命中来绝地求生，失去一只手，双目视力受限，在伸手不见五指的黑暗中探索"聚光灯进攻"。此外，结束了一天的残酷训练，孩子们还要目不转睛地注视一株雏菊，从中寻找专注和平静的力量。最终，10天训练营结束，每一个孩子都得以直面内心最大的恐惧，不光成为更好的球员，也成为更好的自己。

真正疯狂的地方在于，科比向他的执笔作者韦斯利·金提出了一个严苛要求："把同样一个故事，用5个当事人的不同视角重复写5遍，而且5个支线故事的写作要同时进行，同时完成。"

这种写法，就是《冰与火之歌》里的"POV"（Point of View）。不同之处在于，《冰与火之歌》里的每一章虽然围绕每个人的不同视角展开，但整体剧情始终向前推进，不同视角的叙述只是前后印证（或抵触）。《巫兹纳德系列：训练营》却是把整个故事拆分成5本书，由5个当事人的不同视角展开叙述，但每本书都在周而复始地讲述同一个故事，彼此相互对照、循环印证。

同一个故事，从5个孩子的不同视角看过去，有时会呈现一种各执一词的"罗生门"效果。但那些相同和不同的地方，反而显得更加迷人、有趣和耐人寻味。

王源有一首歌是《世界上没有真正的感同身受》，看了《巫兹纳德系列：训练营》这部小说，你会对这句话有更深刻的理解。同样的训练安排，同样的对话，同样的剧情，每个孩子的亲身感受却截然不同，他们的临场反应和内心活动也大相径庭。但最终，他们殊途同归，真正彼此接纳、相互信赖，成长为一个团队。

魔法、学校、巫师、少年……从这些关键词不难看出，这本书的创作灵感有部分来自《哈利·波特》，J.K. 罗琳也的确给科比提了一些如何创造架空世界的建议。包括书中有关"试炼魔球"的描写，都不得不让人联想起魁地奇比赛中的"金色飞贼"。只不过，哈利·波特的头号敌人是"伏地魔"，而《巫兹纳德系列：训练营》孩子们的最大对手是他们自己，是他们内心的黑暗面，是形形色色的极度恐惧和自我怀疑。

从剧情设定来看，这部小说也有一些《火爆教头草地兵》（Hoosiers）的影子，都是一个神奇教练空降在一支中学篮球队的故事。科比未必看过井上雄彦的漫画大作《灌篮高手》，但《巫兹纳德系列：训练营》也有着跟《灌篮高手》一脉相承的世界观设定和精神内核，讲述的都是一群爱打篮球的孩子，如何在一位睿智教练的引导下，逐步认识到真实的自己，与队友们成为莫逆之交，并一路打怪升级，最终完成了不可能完成的任务。

以《哈利·波特》里的魔法元素为道具，用《冰与火之歌》里的"POV"视角来讲述故事，一起重温《灌篮高手》里的那种少年心气，感受夏日阳光下肆意挥洒汗水的篮板青春，大概就是这样的一本《巫兹纳德系列：训练营》了。

但《巫兹纳德系列：训练营》绝不是上述几部神作的简单叠加，除了别出心裁的"五人视角"写作模式，这部小说的最大创新在于，它塑造出了一系列极具代表性的人物，不同性格、不同背景的孩子，都可以在这些人物中找到另一个自己。

更妙的是，几乎每一个主要角色的原型设定，都依稀可以分辨出科比球员生涯中的那些关键人物。

主人公罗拉比·巫兹纳德教授，应该是直接致敬了"禅师"菲尔·杰克逊。书中这样描写他的外形："身高接近 7 英尺（约 2.13 米），穿着三件套西装，黑皮鞋擦得锃亮。"像"禅师"一样，巫兹纳德给人一种高深莫测的神秘印象，他总是说着各种"故弄玄虚"的名言金句，不动声色地观望着每个孩子的一举一动，在必要的时候一语中的，直击心灵。

第一个出场的孩子"雨神"（Rain），则明显是科比本人早期性格的化身。他的球技远远超出其他所有人，被公认为球队的头号球星和绝对领袖，梦想着成为这个国家最伟大的篮球运动员，并为此付出了艰苦卓绝的训练。但他的弱点是既不信任也不关心自己的队友，只把球队视作自己成功之路上的一种附庸，最大的恐惧是担心自己不够好，不值得被爱、被珍惜，完全不懂得真正的领袖意味着什么。

第二个孩子"竹竿"（Twig）也是科比的另一种分身，直接取材于他自己的成长经历。科比小时候住在费城西部一个名叫"The Bottom"的地方，那是一个贫民社区，但科比却来自一个富裕的中产阶级家庭，自然受到很多贫民孩子的排挤和仇视。书中的竹竿也是如此，被球队的其他孩子所孤立，打了一个赛季也没有跟其他人怎么说过话，在场上不敢出手，生怕做错了什么而被开除出队。他的恐惧，是害怕自己变得像失败后一蹶不振的父亲一样，整个人生都找不到出路。

第三个孩子名叫"款爷"（Cash），人物原型应该是跟科比"相爱相杀"的"大鲨鱼"奥尼尔，或者至少是他的童年经历。他的年龄虽然只有12岁，但体格看起来至少有18岁，身高接近2米，天生神力，肌肉发达，被之前的同学视作"怪胎"，因为无法忍受冷嘲热讽而情绪失控，失手将队友推倒在地并造成后者的脑震荡，结果被学校开除，从此更加沉默寡言。他的恐惧，在于不敢接受真正的自己，生怕因为展现自我而误伤无辜。

第四和第五个孩子是一对亲兄弟，哥哥名叫"泡椒"（Peno），弟弟名叫"拉布"（Lab）。他们的母亲3年前因病去世，这件事在两人心中都留下无法平复的创伤，但两人人生态度的选择却天差地别。泡椒选择了积极应对，他勇敢承担了母亲的责任，包办一切家务，努力照顾弟弟长大，但一直害怕自己在人生竞争中掉队。拉布则沉浸在对自己的悔恨中不可自拔，他刻意删除跟母亲有关的记忆，但那些记忆却始终包围着他，让他自我封闭，变成了一个怨天尤人、郁郁寡欢的冷面人。泡椒身体天赋不高，注定很难靠篮球打出一片天，而小一岁的拉布则才华横溢，是仅次于"雨神"的球队二号得分手，但内心深处始终不敢承担"最后一投"的压力，总有种随时准备自暴自弃的倾向。在我个人看来，"泡椒"有点像"老鱼"费舍尔，"拉布"则有点像"最佳第六人"拉玛尔·奥多姆。

除了他们，这支球队还包括雷吉、杰罗姆、壮翰、维恩、阿墙等好几个孩子，他们的故事没有来得及在这部小说中一一展开。但整部小说的末尾，10天迷你训练营结束后，作者已经提前启动了"雷吉视角"，把时间推进到了新赛季揭幕战。可以预计，在下一部《巫兹纳德系列2》里，这支球队将正式踏上新赛季征程，其他几个孩子的故事也将娓娓道来。

最终，这是一个关于成长的故事。科比想用这部《巫兹纳德系列：训练营》告诉年青一代，展示出自己内心的恐惧，承认自己在生活中有害怕的东西，非但不是一种软弱的表现，而且还是一种真正的勇敢。人生是一段漫长的旅程，跟恐惧的斗争注定会持续终生，唯有勇敢面对，才有取得最终胜利的机会。唯有如此，方能成长。

科比认为，恐惧实际上是每个人的力量来源，我们最应该在乎的，是做好每一个选择。也正因此，科比才会在全书第一个故事的第一章的第一句，写下这么一条箴言："每个人，每一天，每一刻，停滞或向前，由你来定。"

在美国，这部《巫兹纳德系列：训练营》被划入"YA（Young Adult）小说"的品类，适合每一个青少年阅读。但在我看来，它最适合的还是那些对篮球如痴如醉的年轻人们。通过讲述"西波堕姆狼獾队"训练营的故事，科比又一次完整陈述了自己的篮球理念，把电视节目《细节》（Detail）和个人自传《曼巴精神》里分享过的那些毕生篮球绝学，都毫无保留地用故事的形式再次展示给所有爱篮球的人，而且是把同样的道理反复讲述了五遍，可以说是掰开了揉碎了讲给你听，让你从各种角度去审视、理解和接纳。

当然，同样是"要把金针度与人"，这几部作品也有不同。《细节》是电视节目，更倾向于用直观的影像解析来点评各种技术细节。《曼巴精神》是个人内心独白的文字陈述，帮助年轻运动员理解职业生涯中可能遭遇的各种情景，进而做好思想和心态上的准备。《巫兹纳德系列：训练营》则是帮你从自我的牢笼中跳脱出来，尝试从其他不同的角度去观察同一个事物。简而言之，《细节》更强调"术"，《曼巴精神》更偏重"道"，而《巫兹纳德系列：训练营》则更追求"情"，致力于让读者能够发展出自己的"同理心"，尽可能与其他人"共情"。

总之，这是一部既足够有趣好玩、又经得起深入推敲的体育奇幻小说。为了避免太过剧透，书中还有很多有意思的地方只能暂且不表。比如，巫兹纳德其实不是一个姓氏，而是一种身份、一种职业。又比如，科比的工作室命名为"Granity Studio"，这个 Granity 实际上源自 grana，而 grana 这种东西，是"巫兹纳德"世界里的力量来源。而这个架空世界为什么要命名为"德伦"，巫兹纳德为什么在这个国度濒临消失，西波堕姆狼獾队究竟能在新赛季取得怎样的成绩，这些谜题可能要等到下一部《巫兹纳德系列2》才能逐个解开。

最后，我想介绍一下这部小说中文版的翻译团队。这是一部英文版接近600页的大部头著作，时间紧任务重，必须由一个极具战斗力的团队来联手攻坚。很幸运，我们找到了最合适的三人组合。

杜巩，知名英语院校高翻专业研究生，达拉斯"Mavericks"把中文队名从"小牛"更正为"独行侠"的过程中，他发挥了关键作用。他的存在，最大限度确保了译文中"信"的部分，既不增译，也不漏译，尽可能忠实于英文原文。

王丽媛，同样英语院校科班出身，这是一个除了吃喝玩乐旅行嘻哈之外最大嗜好是读各种小说的漂亮女孩。仅去年一年，她就读了将近100种各类小说。她的出现，让译文更加通顺流畅、易于阅读，用她独有的文学品位保留了文字中的温度，确保了"达"的部分。

　　林子诚，中文篮球写作领域的后起之秀，公众号"诚言SIR"的主理人。在如今这样一个众声喧哗的自媒体时代，他是为数不多的还愿意对文章字斟句酌的写作者，文字风格精致细腻。他的加盟，为译文确保了"雅"的部分。

　　虽然"信达雅"是严复老先生于一百多年前提出的主张，至今早已不再新鲜，但这并不表示这套理念不再有价值。新的未必一定就更好，真正的经典可以超越时间。

　　在三人组的通力合作下，两种语言之间的藩篱被打破，一些介于"可译"和"不可译"之间的内容也尽可能做到了还原。比如，将Wizenard 翻译成"巫兹纳德"，在我看来就是神来之笔。"雨神""竹竿""款爷""泡椒""拉布"这些人名的定夺，也几乎是中文语境与英文原意的最准确对应。

　　翻译是一种吃力不讨好的工作，既耗时费力，又回报菲薄，还容易招致无端的批评和误解。但无论如何，这三个年轻人都尽其所能，致力于为中国读者带来更接近英语原文的阅读体验。他们三人之外，我可能是第一个通读中文版全书的读者。实话实说，我看得很过瘾。

　　2019年9月，FIBA篮球世界杯第一次在中国大地上打响。大赛激战正酣的同时，《巫兹纳德系列：训练营》的中文版也将由腾讯体育和金城出版社联合出版发行。据说，科比本人到时候也会亲自来到北京，以这本书的发布为起点，正式开启他的"Granity宇宙"。

　　更疯狂的事情，还在后头。

黄祎（阿鱼）

《曼巴精神：科比自传》译者

腾讯体育篮球主编

2019年8月

目录

1. 教授 / *001*

每个人,每一天,每一刻,
停滞或向前,由你来定。

---

2. 不祥的预感 / *019*

勇敢面对恐惧,
否则,它就会无处不在。

---

3. 遗忘的声音 / *031*

过去是份礼物,
它提醒你还有未来。

---

4. 老虎 / *047*

磨难,
是积蓄力量的最佳时机。

---

5. 保卫要塞 / *067*

冠军如同潮头,
收放自如,排山倒海,
更始终如一。

---

6. 预判 / 085

独狼很快就会饿死。

---

7. 下雨吧 / 105

仰望星空，
选择成为老鼠或者山峰。
两种选择，没有对错。

---

8. 暗室 / 117

即使夜晚倍感空虚，
白天依然可以充实。

---

9. 金字塔 / 135

总有黑暗更加深邃。
寻找，面对，
须知长夜总会过去。

---

10. 征途 / 147

你是星尘，也是光。
如果他们不能看到这一点，
你就选择将之藏起来。

教授

每个人，每一天，每一刻，
停滞或向前，由你来定。

◆ 巫兹纳德箴言 ◆

第一章 教授 | CHAPTER ONE: THE PROFESSOR

　　雨神拉开门，陷入一片漆黑。他眨了眨眼睛，眼前的一切慢慢变灰，过渡到灰白，然后逐渐透亮了起来。云飘云散，风在低语。雨神咧开嘴笑了。

　　回来的感觉，真好。

　　费尔伍德社区中心球馆潮湿闷热的空气，夹杂着灰尘和些许呛人的酸腐霉味，扑面而来，将雨神紧紧裹住。雨神叹了口气，笑容随着汗水流下渐渐消失。费尔伍德球馆有年头了，蓄积了75年的汗水，已经渗进了地板、涂黄了墙壁，头顶上方的尖顶橡木也吱吱作响。球馆没有窗户、没有风扇、没有空调，热得好像一锅老卤，要把自己煮熟。

　　雨神的视线落在了水泥墙上，墙上钉着一排胜利锦旗，边角早已磨出了毛边。每一面锦旗上的每个细节——年份、球队、冠军头衔——雨神都背得出来。还记得小时候，每堂训练、每场比赛，父亲都会去看。结束之后，两人便会一起看着这些锦旗，低声交谈，梦想着赢下更多锦旗，挂在墙上。费尔伍德球馆早已年久失修，一片破败，但雨神对它了如指掌。球馆的每寸地板、每块污渍、每个气味、每份被遗忘的荣耀，他都记得。

"用不了多久了。"他轻声说道，然后走向板凳席，加入队友当中。

"雨神来下三分雨了！"壮翰大声嚷着，用手捂着嘴做了个大喇叭的样子。

雨神笑了出来，跟球队的替补中锋相互致意。

"好吧，壮翰又壮了点儿吗？"雨神一边问，一边打量着壮翰的身材。

"你自己看啊，都在这儿呢。"壮翰拍拍肱二头肌，"我最近可一直泡健身房呢。"

"也没少泡厨房吧。"雨神补了一句。

壮翰摸摸肚子："你知道的，我妈妈做的饼干是全天下最好吃的。"

"我们哪儿知道啊，"杰罗姆插嘴，"你每次都吃个干净，我们都没机会尝尝。"

"哦，对哦。"壮翰若有所思。

"泡椒，你怎么样？"雨神问，"练得壮实点儿了吗？"

"雨神，你懂的，我可是我们这里最壮实的。"泡椒是狼獾队的首发控球后卫。他用手轻轻敲了敲脑袋，说道："壮翰那个傻大个净拖后腿，只能靠我给他擦屁股了。"

雨神笑着摇了摇头。这支球队要是能把互相嘲讽的劲头用在训练上，或许还能多赢几场比赛。但这就是其他人的问题了。雨神已经竭尽所能。雨神坐在板凳末端，泡椒拿起篮球，踏进场内，有节奏地运起球来。

第一章 教授 | CHAPTER ONE: THE PROFESSOR

费尔伍德球馆的地板吱吱作响，球拍上去产生了共鸣。雨神感受着地板的震动、板凳的震动。他能清楚地听见房梁在颤动回响，好像远方某个地方刚刚发生爆炸。篮球的拍打声，让费尔伍德球馆有了心跳。

"这赛季的歌，你写好了吗？"杰罗姆问。

泡椒回头看看，微微一笑："唱出来怕吓着你们。"

"对，可别吓我们了。"说话的人是泡椒的弟弟拉布，一个从来都不喜欢说唱的人。

泡椒把球扔给杰罗姆，鞠了一躬："请吧，来点节奏。"

拉布揉了揉额头："求求你，别唱了。"

壮翰跳了出来，作势要把板凳摇倒，嘴里开始打起拍子。

"噗、噗、切、噗、噗、切、噗、切、噗、切……"

"别唱了。"拉布赶紧说。

杰罗姆开始运球，给壮翰加了个鼓声伴奏。

"卜、噗、切、卜、噗、切、卜、切、卜、切、卜、卜、卜、切、卜……"

"早知道，我就不该起床。"拉布嘟囔了一句。

泡椒举起手臂前后摇摆，开始表演：

> "The badgers are back
> And yes, our gym is wack
> But the boys are better
> Down to the letter
> We comin' for the win
> Uppercut to the chin
> Dren best watch fur the badgers
> Because we are... well..."

狼獾今天卷土重来
虽然球馆依然破败
球员个个升级换代
实力必然风华绝代
我们为了胜利而来
猛如勾拳痛入面腮
德伦就看我们狼獾
因为我们……呃……

他停了下来。

"Mad... gers?"

……我们强如疯獾

每个人都大笑起来。泡椒为了给"狼獾"找个能压上韵的词，已经冥思苦想了两年。他甚至强烈要求把队名改成熊、山猫、还有蝙蝠[1]。但球队的老板弗雷迪出于某种原因，比较偏爱那些具有神秘色彩的动物。当然，在德伦最穷的地方——波堕姆，绝大多数动物都很神秘，毕竟这里除了流浪狗和老鼠之外，几乎什么动物都没有。

竹竿坐在板凳席另一端，谁也不理。他棕色的长腿像树枝一样在身前伸展，纤细的手指垂搭在膝盖上。雨神估计，他一时半会儿也摆脱不掉"竹竿"这个绰号了。

---

1 熊、山猫、蝙蝠的英文分别为 Bears、Bobcats、Bats，与狼獾 Badgers 压头韵。——译者注

第一章 教授 | CHAPTER ONE: THE PROFESSOR

"竹竿。"雨神打了个招呼。

竹竿马上挥了挥手:"你好啊,雨神。你好。"

"你看上去一点儿没变。"

竹竿紧张地抓了抓胳膊,看上去还没想好要不要接话。

"我长了3磅(约1.4千克)体重。"他喃喃自语着。

壮翰不禁大笑:"3磅?是长了3磅青春痘吗?"

"啊哈哈,"杰罗姆偷笑道,"哥们儿,你说得太狠了。"

竹竿低下头,玩弄自己的手指。

"他说自己胖了3磅,"壮翰接着说,"这哥们儿要笑死我了。"

"我……我真壮了。"竹竿仿佛在为自己辩解。

雨神看出了竹竿的不安,但也知道如果现在去帮忙,对竹竿没有任何好处。竹竿必须学会为自己伸张正义,否则在精英青年联赛这个残酷的世界里,尤其是在波堕姆这个地方,他永远没办法融入。没点胆识,就没法生存。

"3磅!"壮翰说,"我光今天早晨就长了3磅!想要打低位,你还得长30磅(约13.6千克)才够用。我都不知道你为什么回来。你爸给弗雷迪塞了多少钱,才把你留在队里?你这个来自郊区的公子哥……你怎么进队的,我们都一清二楚。"

"你太狠了,"杰罗姆笑道,"这孩子从起床到现在,光顾着被你损了。"

竹竿望向一边,呆滞的目光努力捕捉着光芒。雨神不知道竹竿会不会哭,但在全队面前哭鼻子,肯定不是好事。大家今年都是12岁,只有拉布年龄小一岁。在波堕姆,这个年龄,意味着已经承受了许多艰难困苦。雨神为竹竿感到可怜,但竹竿必须强硬起来。目前为止,竹竿看上去还不是狼獾队的一分子。他太……

太软弱了。就在这时,竹竿的第一滴眼泪流了下来。

"你要哭了……"壮翰嘲笑道。

竹竿飞速跑进了厕所。壮翰和杰罗姆在身后咯咯直笑。雨神侧侧身子,感觉很不舒服,甚至有些罪恶感。但他很快就放下了,这些事都和他无关。

"你可真行啊,"雷吉轻声说道,"回来第一天,就把人家弄哭了。"

壮翰大手一挥:"是男人就得坚强点儿……否则就别在这儿待着。"

雷吉摇了摇头,继续热身。热身的过程中,他偶尔瞥向雨神,好像在说:"你也配做球队的领袖?"

雨神一脸怒容。

他打开行李包,拿出球鞋。妈妈总是给他准备一份丰盛的午饭:两瓶水,一个金枪鱼罐头,一个大饭盒,里面装满了糙米、鸡肉和青豆。午饭的内容始终如一,背后隐藏着妈妈受过的苦。为了买得起食材,妈妈得加班加点工作;为了找到合适的食材,妈妈要开车到北区采购;为了做得好吃,妈妈要花更多时间烹饪;为了孩子能吃饱,妈妈自己得少吃点。这一切,都只因为球队老板弗雷迪曾经跟妈妈说过,如果雨神想要"干大事",就必须在吃的方面注意。她把这一切铭记于心,只给雨神做健康食品。即便弟弟拉里苦苦哀求,希望能换点儿花样,她也从来不曾动摇。

雨神系紧鞋带,抓起篮球,开始热身,投篮一个接一个命中。他忍不住笑了。尽管雨神住在几个街区之外,但球馆才是他真正的"家"。出了球馆,雨神只不过是普普通通的波堕姆穷小子。但到了场上,他就是球员,是明星。两个橙色篮筐之间,就是雨神的整个世界。在这个世界里，没有账单、没有罪恶、没有任何回忆。

其他人陆续加入训练，但雨神浑然不觉，只专注于篮球、篮筐。除此之外的任何事情，在这里都不重要。试探步，投篮，后撤步，投篮，假动作，投篮，转身，投篮，转身，投篮。

雨神仿佛能听见看台上粗鲁的叫声，看见球迷胳膊交叉放在肚子上，夹杂香烟的味道。

"看看我！"雨神想大声高喊，"看看我！求求你了！"

出于习惯，他看了看看台，然后摇摇头，满心恼怒。那个人不在这儿了，已经走4年了。雨神赶紧把记忆驱散。

"孩子们！"弗雷迪嘴里喊着，走进了球馆，"大家都在呢？过来。给大家介绍一下德文。"

雨神转身面向正门，眼见狼獾队老板弗雷迪走来，穿的还是过去那套衣服：深色牛仔裤，扣领衬衫，大金链子，棒球鸭舌帽拉得很低，遮住眉毛，活像个鸭嘴。弗雷迪实际年龄才三十多岁，但说七老八十也绝对有人信。

"雨神，兄弟。"弗雷迪说，"这位就是我跟你说过的替补。"

雨神满心好奇，把球夹在胳膊下面，走了过去。早在几天前，弗雷迪就给雨神打过电话，聊过球队新替补德文，以及新任主教练的事情。相比球员，雨神对主教练更好奇，尤其是新教练将会在进攻端如何使用自己。弗雷迪说球队做了"重大引援"，雨神今天见到德文真人，知道弗雷迪没吹牛——德文真的很"大"，他身高6英尺（约1.82米），浑身肌肉，小臂比雨神的腿还粗。

队员把新队员团团围住。

"你好啊，大个子。"雨神不住赞叹道。

德文俯视大家，双手在身体两侧不停乱动，脚跟踮起站在地板上。

"还行吧。"德文讷讷地说。

雨神疑惑地看了看弗雷迪。这大小伙子……难道是紧张了？

"他不爱说话，"弗雷迪拍拍德文肩膀，说道，"但他个子高啊。"

"我们都看出来了，"泡椒说，"他看着就像克莱兹代尔[1]，又高又壮。"

"谁是克莱兹·代尔？"阿墙问，"他也打球吗？"

雨神审视着德文。不管害不害羞，至少这家伙在球场上有用。半场阵地战时，他要是能结结实实做几个掩护，把防守人挡住，雨神的上篮路线也就一片开阔了。

但你能为他做些什么？

雨神吓得后退了几步，环顾四周。那声音安静而悠远，又低沉如雷鸣。这一定是在做梦。雨神摸了摸鼻梁，心里想着，也许是因为自己没睡好吧。

阿墙看看雨神，皱皱眉头："你找什么？"

"没，"雨神说，"没什么。"

雨神尝试忘掉这种感觉，转身面向弗雷迪。有关球队的新教练，弗雷迪除了名字之外，还没透露太多信息。他说新教练经验丰富，不是波堕姆本地人，今年年初刚刚开了个为期十天的训练营。实际上，弗雷迪听上去对新教练也不是很了解。

---

[1] 一种重挽马，起源于苏格兰克莱兹代尔地区农场并以此命名。——译者注

第一章 教授 | CHAPTER ONE: THE PROFESSOR

"新教练在哪儿？"雨神问道，"你说他叫罗洛波，还是叫什么来着？"

头顶的灯泡，突然像煎锅里的鸡蛋一样，周身裂纹，开始摇晃。雨神抬头看去，灯泡跳动，嘶嘶作响，又突然平静下来，发出惨灰色的光。

弗雷迪皱皱眉头。"我让新教练第一天10点来。希望大家……"

他停了下来，盯着距离自己最近的篮网。雨神也跟着看了过去。

破烂的篮网，此刻如惊涛骇浪般汹涌翻滚。球馆没有窗户，风从哪儿来？没等大家想明白，篮网又恢复了平静。

弗雷迪看着更糊涂了。他接着说道："之前说过，我想让大家和教练先见见面，然后……"

他没机会说完。

头顶的灯泡突然炸裂，整个球馆瞬间陷入黑暗。一阵寒风袭来，吹开球馆大门，大门重重砸到两边的墙上。寒风吹起冠军旗帜，吹起球馆多年积攒的灰尘，有如惊涛骇浪。

"沙尘暴来了！"泡椒大喊，"快跑啊！"

雨神把脸扭向一边，遮住了双眼。

该走的路，你躲不开。

"你说什么？"雨神在狂风中大喊。

"我说我应该带件毛衣！"阿墙叫道。

终于，风轻了。雨神转过身，面向敞开的大门。

一个人影遮住了阳光。

这个人身形高大，高到必须低头才能走进球馆大门，看上去身高接近7英尺（约2.1米），灰白色的头发梳得整整齐齐。他穿着三件套西服，黑皮鞋闪闪发亮。这种场景，雨神之前只在老电影里见到过。衣服的胸前口袋里，微微露出一块美丽的金表，一条金链在下面摇晃。他的皮肤偏棕色，两条薄如刀刃的白色伤疤，从脸颊延伸到下巴。一只大手上，拿着一只皮质包。这个人不断靠近，目光在队员身上来回移动，绿色的眼珠散发出炽热的眼神，周身被黄色光晕包围，漆黑的瞳孔慢慢扩大。巫兹纳德的目光落在自己身上，雨神不由得后退了一步。有那么一瞬间，雨神觉得自己看到了一些东西：两幅相同的画面——一座白雪皑皑的山从一个岛上升起。雨神眨眨眼，画面消失了。

"啊，"弗雷迪把手从德文肩膀上拿开，说，"你来早了……"

"迟到或早到，只取决于你怎么看。"

弗雷迪停住了。"好吧。各位队员，这位是罗比·巫兹……呃，巫扎……不对……"

"大家可以叫我罗拉比教授，巫兹纳德教授，或者只叫教授也行。"

名字的读音，听上去是罗－拉－比·巫－兹－纳－德。原来弗雷迪这几天一直叫错了。

新教练再次将目光对准雨神。瞳孔放大，缩小，重新对焦。

"你在寻找什么？"那个声音问道，低沉而深远。

雨神张开嘴想说些什么，又突然住嘴，退缩了。

"事情不是你想象的那样。"那个声音继续说道。

"教授……"弗雷迪嘟囔道，"好的，好的。我来介绍一下小伙子们。这位是雨神……"

第一章 教授 | CHAPTER ONE: THE PROFESSOR

"这么介绍的话，得花一整天时间，弗雷迪。"巫兹纳德插话。他的声音平稳、低沉，却柔中带刚，透出一丝威严。

"我以为我们会聊聊新赛季……"弗雷迪压低了音量。

巫兹纳德没有回复，只是站在那里，俯视着球队老板弗雷迪。

弗雷迪胆怯了，急忙匆匆离去。球馆大门重重关上，就连摔门的声音都好像在急切地逃离球馆。此刻的费尔伍德球馆，安静得有些可怕。

巫兹纳德没有说话，没有动弹，什么都没做。球馆的寂静好像一双无形的手，按在雨神肩上。时间每流逝一秒，雨神的肩膀就酸一点，直到忍无可忍。

"你觉得这样能容易点？"那个声音问道。

一种怪异的感觉袭来，雨神向下看去，却发现胸前出现了一个洞。他疯狂地用手去抓，但此刻身体却异常僵硬。他拼命想要呼吸，感觉皮肤针扎般地疼。自己肯定是在做白日梦，雨神心想。他最近睡眠太差了。一定是这样。雨神努力放松下来。

终于，巫兹纳德手伸进西装口袋，掏出一张叠起来的纸，又拿出一支金笔。"每个人都要在这上面签名，然后才能继续。"说着，巫兹纳德把纸打开。

"这是什么？"壮翰警惕地问。

"合同，"巫兹纳德回答道，"谁想先签？"

雨神试探着往前走了走。毕竟他是球队的领袖。巫兹纳德伸出一只托盘大小的手，把合同递给雨神。合同的信头是一个海军蓝色的字母 W，四边围绕着金线。

雨神盯着合同，内心满是疑惑。他不理解合同的内容，但也看不出签合同有什么不好，毕竟万物之本的"万物"也包括篮球。教授的确有点儿古怪，但只要能好好执教，也就无所谓了。雨神走上前去，拿过合同。

"我是该放在地板上签，还是……"

"不用。"巫兹纳德说。

雨神拿着合同，眉头紧皱。尽管纸张叠在一起，但硬如钢铁。金笔的一侧，刻着"罗拉比·巫兹纳德"的名字。雨神接过笔，和往常一样签上名字：

第一章 教授 | CHAPTER ONE: THE PROFESSOR

Sean "RAIN" Adams #7

7号　肖恩·"雨神"·亚当斯

"谢谢,"巫兹纳德说,"下一位?"

壮翰走上前去,看上去胆子又大了点儿。他上前去拿合同,但雨神停住了。合同是给雨神一个人准备的,对于壮翰来说没什么用。

"你得再拿份合同,对吧?"雨神说。

"为什么?"

雨神指了指合同:"呃,上面写的是我的名字……"

他停住了。

合同上面根本没写雨神名字,而是"我,乔纳森·'壮翰'·蓝礼"。尽管雨神刚刚签了名字,但这份合同上面,谁的名字也没有。雨神什么也没说,赶紧把合同递给壮翰,然后退到一边。

他一定是在做白日梦,肯定是这样。他昨晚没睡好,得好好睡一觉。

"不,你要清醒过来。"那个声音说道。

雨神揉揉额头。"我这是怎么了?"他想。

巫兹纳德看看包里。

"好了,"他终于说道,"每个人都有份。"

巫兹纳德突然掏出一颗篮球,扔向壮翰,球打到壮翰脸颊上弹开。篮球像机关枪子弹一样飞到球员手里,整个过程,巫兹纳德甚至没抬头看过一眼。

"这些球,我们留着了?"雷吉激动地问。

整支球队里,只有4名队员拥有属于自己的球:竹竿、泡椒(和拉布共享一颗球)、维恩以及雨神。竹竿和维恩来自富裕家庭,泡椒曾经在旧物售卖会上买过一颗老旧、变形的篮球。雨神的球是弗雷迪两年前送的,曾经全新的篮球,如今已经打得皮快掉完了,表面纹路磨个精光,拿在手里好像保龄球。

"这些球是你们的了。"巫兹纳德确认道,一边继续往外扔球。

雷吉抓起自己的球,紧紧抱在胸前,笑了,随后睁大了眼睛。

雨神看见一个橙色的光影闪过,赶紧举起手来。手指触碰到篮球的一刹那,雨神感觉到一丝寒意,身边的一切突然都变了。球馆完全空了。

"伙计们?"他轻声叫道,"伙计们?有人吗?"

雨神的声音在球馆里回荡,仿佛寻找着其他人的踪迹。声音穿过看台下,飘进更衣室,最后回到雨神身边,但问题依然没有解决。雨神抱着球,怎么都想不明白。为什么大家突然消失了?那阵刺骨的寒风又是怎么回事?

这就是你想要的。

"谁在那儿说话?"雨神大喊着,不停转身。

"为什么那个人走了?我到底做了什么?"问题一个个袭来,冲击着雨神的大脑,尽管他并不想思考。

"别说了!"

雨神转身面向正门,但大门已经消失了。他被困在了费尔伍德球馆。

"让我出去!"

第一章 教授 | CHAPTER ONE: THE PROFESSOR

你准备好踏上征程了吗?

雨神开始害怕。他的心怦怦直跳,心跳声在屋顶不停回响。

"泡椒呢?"他喊道,"壮翰呢?妈妈!让我出去!"

球馆的墙壁开始收拢。雨神逃不出去了。球馆变成了监狱。

"救命啊!"雨神尖叫道。

突然,直觉告诉雨神,有什么东西在看着自己。他环顾四周,意识到那是一个人。巫兹纳德就站在那里,双手紧握,背在身后。

"这是怎么回事……"雨神开口问道。

"嗯,"巫兹纳德说,"很有意思。今天就到这儿吧。我们明天见。"

所有队员重新出现在球馆里,每个人看上去都是头晕目眩,好像晕了船。巫兹纳德合上包,走向大门。又一股冷风把大门吹开,似乎在向巫兹纳德致意。

"明天什么时间见?"泡椒颤抖着伸出一只手,不停揉着脑袋。

大门砰的一声关上了,泡椒追了上去。

"球我们还能留着吗?"他喊道,把门又推开了,"什么……教授呢?"

但巫兹纳德已经走了。

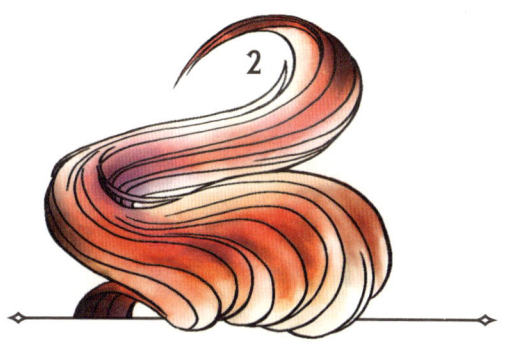

不祥的预感

勇敢面对恐惧，

否则，它就会无处不在。

◇ 巫兹纳德箴言 ◇

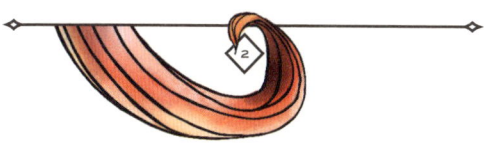

第二章 不祥的预感 | CHAPTER TWO: A SINKING FEELING

　　费尔伍德球馆停车场的角落里，长着一棵粗糙的老橡树。橡树下方，两排就快碎裂的木栅栏在这里交会。雨神就坐在路沿上。今天他很早就来了，但一直犹豫着该不该走进球馆。泡椒和拉布先进去了，然后是维恩和阿墙，但雨神一直坐在那里，没人注意到他，没人看过停车场的角落。橡树枝像窗帘一样低垂，这是波堕姆为数不多还活着的树了。雨神一直很喜欢这棵树，虽然不知道它该如何继续生长。

　　据雨神的奶奶讲，波堕姆从前的绿化比如今要好。但德伦其他地方把工厂全都建到这里，空气变得刺鼻呛人，土壤受到腐蚀。市中心的树基本都死光了，城市里没有花园，没有草坪，垃圾填满了河道。即便是现在，雨神的鞋子旁边也都是垃圾。空气中弥漫着腐烂的气味。

　　有时候，雨神觉得自己也是个"垃圾"。他了解德伦的富人，只要是不想要的东西，就立马丢掉，包括不需要的人。雨神的母亲在一家小餐馆当服务员，赚的钱勉强够养活一家人。弟弟在上学，考试总是不及格，前途堪忧。奶奶住在不远处一家破旧的养老院，屋子里满是蟑螂。他们都是被遗弃的人，都迷失了自己，尤其是雨神的父亲。只有篮球能让他们重获新生。

当然,希望就在球馆里等待雨神。雨神站起身,屏住呼吸推开球馆的大门。如果球馆里空无一人,他准备迅速逃离。

已经有几个人开始投篮训练了。雨神放松身体,以防其他人发现自己。"我只是累了。"这是雨神第一百次对自己说。

撒谎,就很容易累。

雨神僵住了。这低沉的声音昨天就在他耳边萦绕,今天再次出现了。这声音听上去和巫兹纳德很像。雨神看看四周,但门口只有他一个人。

"嘿,雨神!"泡椒把篮球夹在胳膊下面,叫道,"兄弟,你干什么呢?"雨神挤出一丝笑容:"没做什么。兄弟,你呢?""训练啊。"泡椒说,"熟能生巧嘛。"雨神轻蔑地哼了一声。拉布在泡椒后面投篮,像往常一样打着哈欠。维恩和阿墙在旁边一对一斗牛。球场的远端,竹竿和雷吉正安静地练习罚球。德文独自坐在主队板凳席,系着鞋带。

一切看上去都正常无比。雨神走到板凳席前,挨着德文坐下。他很累,睡不好,每小时都醒一次,梦里都是空无一人的球馆。他已经做够了噩梦,有过太多糟糕的回忆。他受够了。

雨神伸伸腿,叹了口气,板凳开始摇晃。

在费尔伍德球馆办比赛,的确让球队很难为情。到访的球队经常取笑狼獾队,那些来自德伦富裕地区的球队尤其如此。阿尔根的孩子们最坏了,因为他们管狼獾队叫"西波堕姆破产男孩队"。外地的球队经常到访波堕姆,但波堕姆的居民却不能离开这里,否则就是违法。显而易见,政府害怕这些人走了就不回来了。

第二章 不祥的预感 | CHAPTER TWO: A SINKING FEELING

篮球曾是个例外，但只有赢得全国冠军，获得篮球奖学金，或者是在职业联赛里获得合同的人，才能离开波堕姆。波堕姆的球队从来没打进过全国大赛。只有不到十个人获得过篮球奖学金。两名球员曾经在德伦篮球联赛（DBL）效力，离明星球员差得老远。但雨神不一样。

"我为篮球而生。"有些时候，这是雨神脑海里唯一的念头。他想过自己登上杂志封面，赢得冠军奖杯，还有更多东西，比如为母亲买栋大房子，为奶奶请个护工，为弟弟开启光明的未来。这份憧憬陪伴雨神入睡，又等着他醒来。在梦里，他见过新房的模样——白墙，绿草，房顶焕然一新，不再漏水。母亲躺在门廊里的躺椅上休息，弟弟拉里在房子前面练习投篮，父亲开着新车。

离开波堕姆，带着全家离开波堕姆。这是雨神生命里唯一的目标。他要用挣来的钱当作胶带，把家庭重新黏合在一起。

雨神打开包，发现自己之前放进去的便条。便条的边上皱得厉害，都快成丝了。上面写的每一个字，雨神都倒背如流。每天睡觉前、练习跳投时，或是早上系鞋带时，他都会背诵。这已经成为雨神的祷告词了。"亲爱的雨神，"他一边读着，一边小心不让眼泪滴下来，"我希望你最先找到这个……"

壮翰和杰罗姆走进球馆时，雨神刚开始做拉伸。昨天巫兹纳德离去后，没人再说话。他们都收拾好东西各自回家，要么走路，要么坐公交车，或是叫出租车。雨神的母亲要工作到很晚，所以雨神经常走路回家。到家后，雨神告诉母亲今天训练早早结束了，母亲却很愤怒。

"告诉那个新教练，我们不能再浪费时间了。"她说，"宝贝儿，今年该你大放异彩了。不能和蠢货一起浪费时间了。他可别逼我亲自'登门拜访',那可够他喝一壶的。"

提到雨神母亲的"登门拜访",那可是"远近闻名"。弗雷迪就曾被吓坏过。想到这儿,雨神不情愿地转身,面向背包。崭新的篮球躺在包里,好像在看着雨神。雨神本想把球放在家里,突然又觉得巫兹纳德希望队员把球带着。雨神用食指捅捅篮球,四下张望。

没有人消失。雨神揉揉额头,满脸愤怒。当然,没有人会消失。雨神抱起篮球,在两腿间做了次胯下运球,试了试球的重量,然后走上球场。必须承认,这篮球质量很不错。雨神起跳,出手三分,篮球从张开的手指尖飞出,流畅地旋转。雨神的手腕跟着伸出,像是在追随篮球的轨迹。唰。

"这才是雨神。"泡椒赞许道,"手感这就来了?"

"手感一直都在啊。"

球馆大门上方,时钟满是灰尘。雨神抬头看看时间,巫兹纳德迟到了。"我猜这个叫巫兹纳德的家伙,根本不担心准时不准时。"他说。

"他可能不来了。"拉布满怀希望地说。

"或者他可能已经来了。"那个声音在体育馆里迸发,好像打雷一般。雨神环顾四周。

巫兹纳德漫不经心地坐在看台上,吃着一个苹果,苹果干净得发亮。他站起身,咬了最后一大口,眼睛没看,就准确地把苹果核扔进了20码(约18米)外的垃圾桶里。

"哇哦。"杰罗姆嘟囔道。

巫兹纳德大步走到球场中心,锃亮的皮鞋像钟摆一样有节奏。"把球放一边去。"他说。

雨神发现自己冲向板凳席,并不加思索地返回,和大家一起围成一个松散的半圆。整支球队看上去都小心翼翼,不是看着脚下的球,就是把手拧在一起,故意避免和正在巡视自己的巫兹纳德发生眼神接触。雨神注视着远端的墙壁,感受着巫兹纳德的凝视。

"嗯……巫兹纳德教授?"竹竿说。他的声音近乎抽泣。

"嗯?"

"我……呃……我爸爸想知道,家长什么时候能过来见见您?"雨神抬起头。他母亲昨晚也问过同样的问题。

"试训之后,我就见你们的家长。"巫兹纳德说。

大家沉默了一阵子。

"你说试训对吗?"泡椒说,"我们是一个队的啊。""你们曾经是一个队的。"巫兹纳德纠正道,"但在我的球队里,每个人都得自己争取位置。"

雨神得意地笑了,试训对他没有影响。也许巫兹纳德能把球队的一些薄弱环节换掉,竹竿根本配不上打首发,阿墙在进攻端毫无用处,杰罗姆?就是个人形铁塔。

"也就是说,我们父母要想和您聊聊,得等上10天?"维恩皱着眉头说。

"如果有急事,可以打76522494936273这个电话。"

雨神试着把号码记下来,却已经想不起来了。竹竿到处找笔。"所以是……7……8……?能重复一遍吗?""你爸肯定能帮你找到电话号码。"壮翰说道。竹竿脸红了。

"我们先分组对抗。"巫兹纳德说。

事情有些出乎意料。通常来说,训练的最后一项才是分组对抗。雨神以为教练把大家叫到场地中间,是想快速把基础项目练完。但分组对抗是他最喜欢的训练内容,所以也没什么可抱怨的。或许巫兹纳德承诺过,只要他让球员打分组对抗,训练雨神的进攻技巧,那么一点点怪事儿,雨神也能忍受。

"今天我们用颗不一样的球。"巫兹纳德接着说,"去年的首发球员对阵替补球员。德文和替补一队。"

雨神等待着首发围着他聚在一起:泡椒、拉布、竹竿和阿墙。

壮翰和竹竿上前一步,准备跳球。雨神蹲在竹竿身后,准备等球一落到自己身边,就加速前进。巫兹纳德把球抛出,壮翰根本没管球,而是用屁股撞了下竹竿,浑圆的身子活像个攻城槌。竹竿弯下腰,喘着粗气,壮翰则轻轻松松就把球拨给了维恩。

"犯规了!"雨神说。要是放在以前,弗雷迪总是听雨神的话。但巫兹纳德没有任何表示,而是走到场边,继续观察。很明显,巫兹纳德不知道这支球队里谁是明星。雨神必须用行动告诉他答案。

和往常一样,雨神和雷吉在防守端扭成一团。随后雨神紧跟雷吉,来到球场侧翼。

"今年你有什么对付我的新招吗?"雨神问道。雷吉轻蔑地哼了哼:"去年我就有招了,只不过都被你盖下来了而已。"

"好吧,给我露两手。"雨神说,"来点儿新鲜的。"雷吉接到传球,审视场上形势。雨神重心压得又低又稳,一只胳膊追踪着球,另一只手封住雷吉的前进路线。雷吉把球举过头顶,双手传球给内线,但意图太明显。雨神一把把球抄掉,随后突然加速,运球过掉雷吉。面前没有别人了。只有雨神和等待他的篮网。

雨神往后瞥,看有没有防守球员跟着自己,想着要不要扣个篮。但他停住了,把球抱在胸前。首发球员都不见了。他能看见替补球员这一队:雷吉跟着自己、维恩、杰罗姆、壮翰,甚至还有新来的小孩儿德文,冲刺着想要盖帽。但整个首发一方都消失了。雨神环顾四周,完全陷入了困惑。一秒钟之前他们都还在呢。雨神很确定。

"他们去哪儿了?"雨神嘟囔着。

去了你想让他们去的地方。

雨神转向边线的巫兹纳德。巫兹纳德眼睛闪烁着,像探照灯一样盯着雨神。

雨神不知道自己该做什么。自己的球队没了,运球节奏也丢了,只剩一个选择。雨神转向篮筐,出手投篮,但距离篮筐太远了。没碰到篮筐,径直出了底线,砰的一声弹到墙上。一瞬间,雨神的球队重新回来了。

拉布生气地看着雨神:"你不觉得有点儿离谱吗,雨神?"雨神揉揉眼睛,难以置信:"是啊……抱歉。"

替补一方继续进攻,在中距离不断传球,德文和壮翰则在低位接连掩护。德文诡异地错失了一个空篮,但杰罗姆紧跟着拿起球,奔向篮筐,过掉拉布和竹竿,上篮得分。

雨神一脸怒气。眼下,他们落后于替补一方。

他慢慢推进到前场,在熟悉的位置——右边侧翼落位。在这个位置,雨神一般会切入接球,然后全力上篮,要么用左手,要么迅速变向,换到右手上篮或干拔跳投。对于绝大多数精英青年联赛的防守人来讲,这个动作几乎是挡不住的。但这一次,球没传过来。

雨神转过身,刚好看见维恩上篮球进,4-0领先。

"你在干什么呢,泡椒?"拉布一边咆哮着,一边跑回去捡球。

"什么也没干啊。"泡椒说,"就是把球丢了而已。你还不赶紧回来做掩护?"

雨神一脸怒气。下个球,他必须要自己来了。但每次雨神只要一碰球,他的球队就会消失。雨神被迫强行出手,或者不做传球假动作,不靠掩护就直接上篮,结果便是遇到对面的双人,乃至三人包夹。很快,雨神被迫只能靠后仰跳投或者三分,每次投篮不中,他就感觉自己火气又大了些。比赛打了快一小时,比分只有28-24,比分让人非常不爽。更严重的是,替补一方居然领先,真是荒谬至极。

眼前发生的事情的确很奇怪,但雨神可不想输给替补球员。竹竿终于奋力抢到一个防守篮板。雨神在中场大叫。"竹竿!这儿!"

竹竿立即把球吊传到中场。他看上去很奇怪,像是想要赶紧把球传出去。雨神接住传球,转身背向球队,这样就看不见他们消失了。

"反正我也不需要他们。"雨神想,"球队有我就够了。"

雨神右脚的球鞋突然粘在地面上。他往下看,意识到鞋子不仅被粘住了,就连鞋带下面的部分都陷进了地板。他盯着露在外面的半只脚,目瞪口呆。地板就像一盘流沙。

"怎么会这样?"雨神说着,砰的一声把鞋子拉出来。

他继续运球,试着向篮筐冲击,但每跑一步,双脚就在地板里陷得更深,很快就吞没到了脚踝。雨神艰难前行,但还是念念不忘得分,胜利,让教练知道自己是球队的明星。

奇怪的泥塘已经吞没了雨神的小腿,他觉得自己有可能全身都陷进去。一阵恐惧从腹部袭来,雨神没有多想,在离三分线还有很远的地方奋力一投。和之前一样,篮球离篮筐很远,重重砸在远端的墙壁上。

地板立刻恢复了正常。雨神环顾四周,寻找队友。队友们都在。恐惧曾经像炽热的喷泉一样在胃里喷薄而出,如今却又冷却下来。雨神只感觉身体一沉,十分恶心。他做了个深呼吸,试着压住怒火。

人们太容易深陷自满,无法自拔。

巫兹纳德走上球场,双手依然在后背交叉。"今天的训练就到这儿吧。"他宣布道。

泡椒转向巫兹纳德,眉头紧皱:"今天什么基础动作都不练吗?"巫兹纳德好像没听见泡椒说话。他耐心地等着篮球滚回脚边,似乎它被绳牵引着。然后把球捧起来,丢进急救包,并伴随着篮球反弹的声音远远传来。巫兹纳德走回看台,他刚才一直坐在看台上,双手就放在包上。一股冷风吹过,更衣室的大门随即打开了。雨神转过身,面向大风。

"哪儿来的风……怎么吹起来的……?"壮翰说。雨神又瞥了眼看台。又一次,罗拉比·巫兹纳德消失了。"真让人不爽。"泡椒嘟囔着。

"所以说……我们都同意,教练是个女巫,对吧?"壮翰说。拉布一脸怒容:"你是6岁小孩吗?根本就没有女巫这种东西。"

"女巫不应该是女的吗?""是啊,"阿墙说,"男的得叫巫师。"拉布揉揉额头:"兄弟,你可真是蠢到家了。"

雨神逃离这激烈的争论,面对冠军旗帜坐下来。他没有时间争吵。即便巫兹纳德所做的一切看起来就像魔法,令人难以置信,这都不重要。雨神只有一个任务,那就是重组家庭。巫兹纳德不会明白,没有人明白。对于雨神来说,篮球不是闹着玩的游戏。

雨神脱下球鞋,放在一边,愁眉不展。他的背包上放着一张名片。雨神他妈妈会打的,发现每个上面都放着名片。名片的正面大体是白色,只有一个蓝色的字母 W 标志,以及一个电话号码:76522494936273。其他球员走过来,也找到了属于自己的名片。

"他什么时候把名片放在这儿的?"壮翰说,"谁带手机了?维恩,打过去吧。"

雨神把名片藏起来,赶紧离开了。他不需要给巫兹纳德打电话,因为他妈妈会打的,她会让巫兹纳德了解事情的前前后后。雨神要做的就是赶紧恢复训练,他必须为新赛季做好准备。雨神走到大门前,看见老旧、阴暗的金属门把手上,用银色墨水写着一行花体字。

How does a leader open a door?

球队的领袖应该如何打开一扇门?

雨神疑惑地看着这行字。银色的字随即消散了。

他推开门,独自一人走了。

3

遗忘的声音

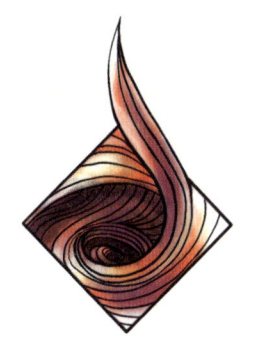

过去是份礼物,

它提醒你还有未来。

◆ 巫兹纳德箴言 ◆

第二天早上，雨神垂头丧气，拖着脚步走进费尔伍德球馆。其他队友已经到了球馆，坐在板凳席上，小声交谈着。雨神在队友身边一屁股坐下。

"你妈妈有没有……"壮翰发话了。

"有。"雨神说。

"然后呢……"

"没有然后了。"雨神一脸怒气。他母亲昨天一下班回家，雨神就把巫兹纳德的名片给了她。当时已经快晚上10点了，但她还是指着那串号码，告诉雨神区号是假的。突然，雨神的妈妈安静了下来，说了句"哦，我知道了"，摆弄着她那件满是污渍的服务员制服，然后挂掉电话，盯着雨神，然后慢慢走上楼。她没脱鞋，这可是从来没有过的事。

"发生什么了？"雨神在母亲身后大喊。

"你们有新教练了。"她轻轻地说。

那一晚，雨神再没从妈妈嘴里撬出哪怕一个字。他曾试着和弟弟拉里聊聊，又不想让弟弟担心。拉里今年9岁，生活中是个很害羞的孩子，在学校里不怎么受欢迎。雨神希望保护弟弟，也不想让他觉得自己的篮球生涯出了问题。雨神每天都跟弟弟说，他"要把全家带出波堕姆"，要不惜一切代价让弟弟记住。毕竟在波堕姆这个地方，很容易让人失去对生活的希望。

"如果亚当斯夫人也帮不了忙，我们就麻烦了。"杰罗姆摇摇头。"这电话号码甚至不存在，"他嘟囔着，"我不知道怎么……"

"你还没想明白呢？"雷吉问。

"什么？"泡椒说。

"电话号码啊。你们都没在拨号盘上拼一拼吗？"

雨神皱了皱眉，他没拼，母亲也什么都没说。

"没有。"泡椒说。

"电话号码拼出来，就是罗－拉－比·巫－兹－纳－德。"雷吉说。

大家陷入了长时间的沉寂。泡椒突然尖声说。

"他有自己的专属电话号码。"他说，"这可太酷了。"

"所以说，我们的父母不管用了。"维恩说，"还有其他好点子吗？"

"我们可以和弗雷迪聊聊啊。"杰罗姆建议道，"把巫兹纳德炒掉。"

雨神又重新振作了起来。没错，弗雷迪有权炒掉新教练。

"我们聊的感觉像件普通的事儿。"壮翰说，"这可一点儿不普通啊。这可是魔法啊，兄弟们。"

"他是个巫师。"阿墙附和道。

拉布转转眼珠："世界上可没有什么魔法。"

第三章 遗忘的声音 | CHAPTER THREE: A FORGOTTEN VOICE

"真的吗?"身后有人问道。

这句话好像保龄球里的"全中",击中了球队的每个人。大家尖叫着逃离板凳席,四肢缠在一起。雨神的肋骨也挨了一肘,表情痛苦。他回过身,看见巫兹纳德就站在板凳席后面,注视着队员,穿的还是之前的衣服。

"如果你不相信有魔法。"巫兹纳德说,"还得多体验体验。"

雨神躺在地板上,看着巫兹纳德大步走上球场,目瞪口呆。他想起昨晚妈妈打的电话,还有挂电话之后脸上呆滞的神情。

"你把我妈妈催眠了吗?"雨神愤怒地说。

巫兹纳德在中线站住。"真相就是催眠。昨晚我接了7名家长打来的电话。相信他们已经满意了。其他人愿意的话,也可以给我打电话。"

"关于整个……试训的事儿……"泡椒说。

"我们先跑圈。"

队员伸展着身体,呻吟着,嘟囔着,松散地排成一队。雨神是队伍里最后一个开始跑的,他一边跑,一边瞥巫兹纳德教授。

巫兹纳德和雨神四目相对,雨神眼神一闪,赶忙躲开了。

"世界上有两种跑者。一种人跑来,另一种跑开。只有一种人能赢。"

"不然你先跑远点儿?"雨神气愤地想。

弗雷迪每隔一阵子就让球员跑圈,但通常只跑一两圈,权当快速热身。但今天,队员们已经绕着球馆跑了5圈,很多人已是汗流浃背。

巫兹纳德又开口了,声音好像跟在队员身后,捏着他们的脚后跟。

"大家来罚球吧。"他说,"每人投一次。只要投进,大家今天就不用跑了。要是没投进,全队就多跑5圈。"

"我来吧。"泡椒喘着粗气说道。

雨神觉得应该由自己来罚球。他本想理论一番,但泡椒直接走向罚球线,一只手放在大腿上,活像个做过臀部移植手术的老头。

"怎么……我应该怎么做……?"

"请投篮吧。"巫兹纳德说。

泡椒皱了皱眉,浓黑的眉毛拧成了V字形,挂在鼻子上方。

泡椒用一个怪异、抽搐的姿势,像推铅球一样把球扔了出去。篮球飞过篮板,砸到墙上,像撞球一样,在篮板和墙壁之间跳跃,最终滚向球馆角落。

大家的情绪瞬间低落下来。

"再跑5圈。"巫兹纳德说道,声音冷静到令人抓狂。

雨神对自己很生气。他应该坚持去执行罚球的。平时比赛的关键球,从来都是他的事情。从第一天起就是这样。雨神需要扛着球队前进。

前进到哪里?

雨神没管那个声音。上赛季,球队战绩只是3胜12负,联赛垫底。雨神继续跑步,却又定住了,眼睛睁得老大。球馆的地板,不,整个球馆都变成了接近45度的斜坡。雨神开始不住地往下滑。

"开始。"巫兹纳德说。

"我没疯,我没疯。"泡椒自言自语道。

"教授,"维恩蹲着保持姿势,说道,"这个地板……"

第三章 遗忘的声音 | CHAPTER THREE: A FORGOTTEN VOICE

"身体疲惫的时候,球场就好像一座高山。"巫兹纳德说。

"现在就是一座山啊!"泡椒抗议道。

雨神也降低了重心,手指紧紧抓住地板,他有点站不稳,心里直发慌,脑子里一想到熟悉的费尔伍德球馆倾斜了,就感觉一阵晕眩。

"快跑吧,"雷吉说,"我们能上去的。"

大家开始列队奔跑。雨神最后一个开跑,眼睛瞥着身后煤渣砖砌成的墙,等着有人不幸摔下来。他喘着粗气,继续前进,攀爬的姿势活像一只青蛙。

等到终于爬到底线,球馆又变了样子。

现在,大家得下坡了。

"没关系,"泡椒说,"我肯定是要疯了。"

"我也差不多了。"雨神嘟囔道。

"所以说,那个不存在的魔法……"壮翰说。

"闭嘴吧你。"拉布插嘴道。

没有时间休息。下一回合,地板变成了陡峭的楼梯,然后变成了跑步机,然后是草皮,然后是跨栏。每跑一圈,地板就变一次。雨神的大腿很快就疼痛难忍,大腿外侧阵阵痉挛。他怀疑大家完成任务的唯一原因,就是巫兹纳德允许他们自己调整步伐。此刻的壮翰,已经喘得像个蒸汽机了。

5圈跑完,地板恢复了原样,每个人都放满了速度,转向雨神——队里最棒的罚球手。想要从巫兹纳德手里解脱,他是球队的最佳选择。雨神点点头。

"接下来还有什么任务,我可不想知道。"维恩上气不接下气地说。

"我快要晕过去了。"壮翰说。

雨神从球馆角落拿起球,走到罚球线,慢慢深吸了一口气,放松下来。他像往常一样拍了三下球,熟悉球的感觉,精神专注下来。他肩膀对准篮筐,脚趾自然相对,手腕和手指放松。

随后,他眯起眼睛,慢慢呼气,把球举起,右手肘正对篮网,手指轻轻弯曲,就像活塞一样等待爆发。

"一切全靠你了,雨神。"

球出手的一瞬间,那个声音在耳边轻语。还是那个熟悉的声音,不会错的。雨神退缩了,像被打了一拳。篮球偏出篮筐,队友好似合唱团一般,发出整齐的叹气声。但雨神基本没注意。

他转过身来,寻找那个声音的源头。但身边只有雨神一人。那个声音没有肉身。

声音不可能有肉身。那个人已经走了。

雨神抓起篮球,跑回罚球线,举起篮球,再次奋力出手。他感觉心脏在胸膛里疯狂跳动,像是希望着、期待着什么。但究竟在期待什么?连雨神自己也不确定。那个声音依旧没有出现。

"再来啊!"雨神转向巫兹纳德,恳求道,"求求你了!"

"我什么都没做。"巫兹纳德说。

雨神奔向巫兹纳德,双拳在体侧紧握,整个身体都在颤抖。

"让那声音回来吧。"

"我什么都没做。"巫兹纳德重复道。

"怎么了,雨神?"边线的泡椒问道,声音里带着焦虑。

雨神盯着巫兹纳德看了会儿。那声音一定是自己臆想出来的,一定是。雨神心想。

"我能用一下洗手间吗?"雨神低声说。

巫兹纳德点点头:"当然可以。大家伙儿,喝点儿水吧。稍后我们再跑圈。"

雨神冲向更衣室,拉开门,冲进洗手间,回身锁上门,紧紧抓住水槽,手不停地颤抖。他已经完全疯了。

只有一种合理的解释,那个声音来自雨神痛苦的回忆,没有其他可能了,雨神能证明这一切。

他朝镜子看去,镜子已四分五裂,雨神的影子支离破碎。他看到自己的眼睛有泪光闪烁,心情就更糟糕了。

很快,雨神开始流鼻涕,他用手背简单擦了擦脸。这么长时间都挺过来了,可眼下的自己居然在流泪。雨神对自己很生气。

雨神凝望着自己,试着冷静下来。

每个人都说,雨神长得很像他父亲。他们发型一样,都是朴素的寸头;高鼻梁,棕色皮肤透点蓝,古铜色眼睛,小脸,尖下巴。雨神继承了爸爸的身高,还有精瘦结实的体形。爸爸好像藏在雨神体内。即便是当前,即便是眼下,爸爸好像仍然注视着他。

雨神哭得越来越厉害。他紧紧抓住水槽,觉得水槽可能要碎了。

"你为什么离我而去?"他小声说道。

镜子里的人看着雨神,说:"你知道原因的。"

雨神大叫着退了几步,差点儿绊倒在厕所里。他把后背抵在墙上,眼睛盯着镜子。有一瞬间,镜子里的脸和父亲的脸一模一样。

雨神等待着,注视着,却发现镜子里只有一个哭泣的男孩。

雨神慢慢走到水槽前,不情愿地往脸上撒了些自来水,然后止住颤抖,又深吸一口气,用袖子擦了擦脸。

他走出卫生间,继续和球队一起跑圈。对队友脸上疑惑的表情,他看也不看一眼。

"你还好吧,兄弟?"泡椒急忙跑到雨神身边,问道。

"挺好的。"雨神说,"没什么。"

剩余的训练里,雨神很难适应不断变化的地板,又多次错失投篮。直到雷吉命中罚球,全队才停止跑圈,他们声音嘶哑,有气无力地欢呼。

"喝口水,休息休息吧。"巫兹纳德说,"大家把水壶拿过来。"

雨神走过来,眼睛瞥向巫兹纳德。都发生了什么?这一切是不是巫兹纳德干的?怎么干的?他怎么知道我父亲的事情?又怎能模仿父亲的声音?

或者说,这一切是不是雨神自己做的?

"坐成一圈。"巫兹纳德一边说着,一边走到场地中央。

大家听话地坐下,浑身没有一点儿力气。巫兹纳德从小陶罐里掏出一朵雏菊。

这是雨神第一次见到真的雏菊,之前只在照片和电视剧里见过。这朵雏菊鲜亮雪白,花心呈黄色。巫兹纳德慢慢把花放下,向后退去,着迷地看着花朵。

"我们拿这花干什么?"泡椒问道。

"我们要看着它长大。"

雨神等着巫兹纳德教授大笑、微笑,然后承认这是个精心设计的恶作剧,或是对大家耐心的考验。但巫兹纳德眼睛盯着花朵,站着不动,已然入神。

"为什么?"拉布已经坐立不安了。

"正是这些微小的、几乎无法察觉的事情,决定了成功或是

第三章 遗忘的声音 | CHAPTER THREE: A FORGOTTEN VOICE

失败。"

"在一朵花里?"阿墙说。

"在世间万物里。别想太多,别做不切实际的假设,观察就好。如果注意力分散了,就重新把注意力集中在花身上。"

杰罗姆挠挠额头:"我们要这样子观察多久?"

巫兹纳德没有回答,大家终于开始把注意力放在花上。雨神在球馆的旧地板上调整姿势,想坐得舒服些。

地板咯吱咯吱直响。花朵仿佛也在盯着雨神。

雨神瞥了眼时钟。他感觉自己度秒如月,度秒如年。

半小时过去了,雨神感觉自己随时都想一把砸碎陶罐,然后回家。

"身体的哪部分先动?"巫兹纳德突然问道,"如果你在防守,对手攻过来的话,身体的哪部分会先动?"

雨神思索着这问题,试着回想上一场比赛。身体哪部分先动?他还真没想过。防守是自然而然的反应。对手动,自己跟着动。就是这样。

雨神想象进攻球员靠近自己:"我一般会盯住对方的肚子。"

"这方法不错。"巫兹纳德表示同意,"但只适合世界上速度最快的球员。"

巫兹纳德跨过泡椒,站在雏菊旁边:"最先动的是脑子。防守人必须决定接下来要做什么。"

雨神挠挠头。为什么巫兹纳德所有事情都要故弄玄虚?篮球本来很简单。

只有那些选择视而不见的人,看篮球才觉得简单。

"那我该怎么看见？"雨神恨恨地想。

"你需要多花时间。"巫兹纳德大声说道。

"怎样才能拥有更多时间？"雨神问道。

"看着花朵长大就行。把水壶放一边去吧，今天还有一堂课。"

雨神伸手去拿背包的工夫，巫兹纳德开始准备另一项障碍训练。他从包里取出障碍锥、像玉米秆一样的立杆，以及一枚竖直镶嵌在金属底座上的圆环，它的底座比整个背包还要大。最后，他在中场边线上摆了3颗篮球。

雨神喝下最后一口水，慢慢跑向3颗篮球，站到排头位置，其他人在他身后站好。巫兹纳德则站在中场右侧。

"大家需要完成如下训练，"巫兹纳德说，"第一圈先从上篮开始，然后在另一端的肘区投篮。回来的时候，把球传给队伍里下一个人，下一个人接着开始。"

雨神捡起篮球，突然惊声尖叫。他的右手不见了。

他用另一只手抓起空空的袖口，眼神惊恐。雨神的右臂，从腕骨开始被干净、完美地切除了。包裹残肢的皮肤，如同厨房案台一样光滑、平整。

雨神转过身，看见其他队友同样在惊恐地大叫，紧紧抓住各自的手腕，但没人失去自己的手。除了雨神之外，其他的人手都还在。那他们为什么还要尖叫？

"我的手去哪儿了？"壮翰大喊道，"发生了什么？"

"为了训练平衡，"巫兹纳德回答道，"大家继续吧。"

雨神看着自己的手腕。他看到了毕生梦想的终结、宏伟计划的破灭。他不可能变得有钱了，不可能从波堕姆逃出去了，不可能拥有带走廊的大房子和崭新的汽车，家人不可能在周末相聚了。

第三章 遗忘的声音 | CHAPTER THREE: A FORGOTTEN VOICE

这一切的一切,都随着雨神的右手消失了。他感到膝盖都软了。

"这不可能。"拉布说。

"众所周知,可能或不可能,其实非常主观。"巫兹纳德说,"大家可以开始了吗?"

大家纷纷转向雨神,巫兹纳德也不例外。队友的眼神盯着雨神,但雨神没办法开始练习。没了自己的惯用手,他没法练习。

你不是有两只手吗?

"可是,"他心想,"我的手……"

你可以把手赢回来。

雨神盯着巫兹纳德,愤怒、疑惑、惊恐交织在一起。但他又能做些什么呢?

雨神笨拙地用左手捡起篮球,开始训练。他第一次上篮,在运球过程中丢了球,接下来的投篮更是差了十万八千里。捡球的时候,又被壮翰失准的传球击中了后背。

整个球场陷入混乱中。喊叫声、跌倒声、投篮偏出铛铛的声音不绝于耳,当然还包括绝望的警告声。

"抱歉,哥们儿!"维恩见自己的传球击中了杰罗姆,不好意思地大喊。

"注意脑袋!"

"那个,你刚才要是低头就好了……"

下一回合,德文把球传向前方。维恩猝不及防,被球狠狠击中,倒在地上,神情恍惚。巫兹纳德叫停了训练。

"今天的训练就到这里吧,"巫兹纳德说,"请把球给我吧。"

大家还回篮球,巫兹纳德接过球,丢到背包里。

"我们能把手要回来吗?"雨神满怀希望地问。

"明天练习防守,"巫兹纳德说,"这个很有用。"

说完,他拿起背包,径直走向距离自己最近的墙壁。

球馆的灯光突然白光一闪,让人头晕目眩,一阵不知从哪里来的大风吹过。雨神用胳膊挡住脸。灯光不停闪烁,随即陷入昏暗的灰白。

风停了,雨神还没看就知道,巫兹纳德已经走了,他直接穿过一堵墙,走了。

"好吧,"泡椒说,"雨神,我觉得是不是应该和弗雷迪聊聊?"

大家纷纷转向雨神。雨神完全明白泡椒的意思:炒掉巫兹纳德。雨神回想起耳边听到熟悉的声音,突然极度渴望再听到那个声音。他努力打消自己的念头,却失败了。

巫兹纳德的训练里,有着太多魔法,太多脱离现实的想象。这让雨神分心,让他没办法练习真正的篮球技术,让他背离原先的计划,远离光明的未来。这代价,雨神承受不起。

雨神点点头。"是时候炒掉巫兹纳德了。"他说。

雨神走向板凳席。身后的队友在叽叽喳喳地交谈,但他根本没在意。他甚至听到有几个人反对自己的决定,但这都不重要了。队友们不会明白,这是雨神的希望。

或许其他一些人和雨神一样,也想过带着家人离开波堕姆。但这毕竟只是他们的一个梦。他们对此没有太大期待,也没有制订规划,但雨神不一样。想要解决世间一切问题,篮球是他的唯一机会。

雨神俯身坐下，面对冠军旗帜。

"前辈们，等着看吧，"雨神轻轻说道，"我会让大家重回正轨的。"

4 老虎

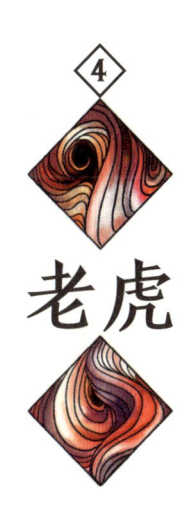

磨难,

是积蓄力量的最佳时机。

◆ 巫兹纳德箴言 ◆

第四章 老虎 | CHAPTER FOUR: THE TIGER

雨神走进费尔伍德球馆，弗雷迪慢几步跟在后面。弗雷迪明显很紧张。他提出想载雨神一程——准确来说，是雨神要求弗雷迪载自己一程，确保弗雷迪能出现。一路上，弗雷迪一直对雨神皮笑肉不笑。即便是现在，他的步子也慢得夸张，活似想要越狱的囚徒。为了说服弗雷迪来球馆，雨神给他打了近一小时电话。

弗雷迪来了，灾难终于结束了。

雨神还是只有一只手。但尽管他想尽办法，让母亲和弟弟注意，他俩还是一句话也没说。弟弟拉里在学校很害羞，但在家里总是说个不停。即便是弟弟也没问关于手的事情。雨神甚至把胳膊举到眼前摇晃，但弟弟却问道："你是怎么给自己起绰号的？我想给自己起名叫'漩涡'。挺酷的名字，是吧？不然叫'暴雨'？"雨神叹叹气，彻底放弃了。显而易见，这只是某种幻觉罢了。但对于雨神来说，自己的右手的确没了，看不到，也感觉不到。雨神不得已笨拙地用左手吃饭，用左手刷牙，用左手穿衣服，几乎快要抓狂。他迫切地需要拿回自己的惯用手。现在就要。

那就创造一只惯用手。

"从我脑袋里出去!"雨神想着,大步走向替补席。

球队其他成员看到弗雷迪,纷纷陷入了沉寂。

"早上好啊,队员们。"弗雷迪说,"大家感觉怎么样?"

"很差。"有人嘟囔着。

雨神看看时钟,又看看大门。已经快9点了,大门应该很快就被吹开了。弗雷迪能不能保持冷静?球队能不能保持冷静?雨神暗自下定决心。如果他能保持冷静,弗雷迪就肯定会炒掉巫兹纳德。但此时此刻,他呼吸急促,心怦怦直跳。巫兹纳德肯定是某种魔法师。有可能是个男巫师。不管怎么称呼吧,反正他能做的事情,其他人就是做不到。如果球队要炒掉巫兹纳德,不知道他会做何反应?

雨神转向球队,加入话题讨论。

"嗯……巫兹纳德看上去很厉害的……"弗雷迪说。

"他是不是把你也催眠了,"泡椒插话,"他已经把雨神妈妈控制了。"

弗雷迪僵住了,看着大门,说道:"雨神,你妈妈……今天来吗?"

"我们父母都不来。"维恩说,"巫兹纳德不知怎么搞的,把父母都吓跑了。"

"我们想让巫兹纳德走。"杰罗姆附和道,"每个人都这么想。"

弗雷迪叹了叹气:"好吧,好吧。雨神,你确定想让他走?"

"我确定。"雨神坚定地说。

弗雷迪看看手机:"好吧,呃,他应该很快就来了……"

"你曾经在这些球队打过球吗,弗雷迪?"

第四章 老虎 | CHAPTER FOUR: THE TIGER

雨神朝声音的方向转过身，看见巫兹纳德就站在旧冠军旗帜下面。他注视着球队，双手在背后交叉。这样突然出现，曾经让人吓得够呛，如今大家都习惯了。

雨神斜眼看着巫兹纳德，不敢相信眼前的一切。墙上的旗帜看上去……焕然一新。旗子粗糙的毛边整洁、笔直，褪去的颜色重新鲜活起来，缺失的字母也重新缝了上去。如果说这锦旗是昨天才赢得的，同样有人信。

"不可思议。"他轻声说。

雨神每天都注视着这些锦旗，尤其喜欢其中一面，那是16年前的德伦地区亚军锦旗。他的父亲曾经是那支球队的一员，也被公认为波堕姆历史上最棒的篮球运动员。他们在决赛里输了球，父亲赛后责怪队友发挥不好。

"最后时刻应该让我来。"雨神父亲说，"比分很接近啊。"

但雨神的父亲从来没打进过德伦地区篮球联赛，从来没能实现梦想。难怪他父亲讨厌在波堕姆生活。雨神感觉喉咙处有个肿块，噎了下去。他要和父亲不一样。

"什么……怎么回事……？"弗雷迪说。

"我猜你还是太年轻了。"巫兹纳德若有所思地说，"已经好长时间了。"

雨神琢磨着巫兹纳德的意思——他可能在说，波堕姆的球队已经几十年没赢过冠军了。

"找我有事情吗？"巫兹纳德说。

弗雷迪停下来，瞥瞥雨神。雨神点点头，示意让他继续说。

"有事。"弗雷迪说，"我们能借一步说话吗？"

巫兹纳德走过来，盯着弗雷迪："没必要，有事就说吧。"

雨神紧张了。难道要弗雷迪在这儿说吗?当着大家的面?

巫兹纳德睁大绿色的眼睛,转而盯着雨神,瞳孔放大,四周被绿环围绕,仿佛日食一般。雨神又看见了那幅画面:孤山屹立在岛屿上,积雪从山顶滑下,直至山脚,直至海滩,直至大海。这画面看上去越来越大。

机会来临时,你能准备好吗?

弗雷迪挠挠脖子,把雨神的注意力拉回现实。

"好吧。"弗雷迪说,"这个……呃……我们已经决定,也就是说,我已经决定,虽然我相信你是个好教练,但……呃……我们觉得你不太适合狼獾队。"

"啊,"巫兹纳德说,"所以说,你想让我走,对吧?"

"那个……对……没错。"弗雷迪伸长脖子,看着高大的巫兹纳德,说道。

巫兹纳德点点头。眼睛快速掠过每个球员,一个接一个。他看上去并不生气,但雨神还是转过身,害怕和他发生眼神接触。大多数球员和雨神一样,好像突然都对鞋子、双手,或是其他事情产生了浓厚兴趣。

如果四周都是恐惧,应该转向何方?

巫兹纳德伸出一只手,令人紧张的眼神盯住了弗雷迪。

"我明白了。"巫兹纳德说,"再会。"

弗雷迪清清嗓子:"谢谢你,巫兹纳德。现在开始我来接手吧。"

两人握了握手,巫兹纳德的大手活像烤箱用的防热手套,把

第四章 老虎 | CHAPTER FOUR: THE TIGER

弗雷迪的手完全罩住。弗雷迪不说话了，后背伸直，嘴巴张开，眼睛睁得老大，一眨也不眨。

弗雷迪看看四周——看台、锦旗、墙壁，最后是队员的脸。他的眼睛开始闪烁，一滴眼泪落下来，从脸颊划过，滴在肚子上。巫兹纳德松开弗雷迪的手，但眼睛依然盯着他的脸。弗雷迪站着一动不动，胳膊伸开，然后慢慢收回，点点头。

"巫兹纳德将继续担任球队主教练。"弗雷迪说，"我……我非常期待新赛季的到来。大家到时见。"

弗雷迪走出了球馆，其他什么都没说。此刻的雨神，已经无语了。

"他又做到了。"维恩小声说。

巫兹纳德放下背包，转向队员。雨神不知道巫兹纳德会不会惩罚他们，比方说跑圈，或者做俯卧撑做到呕吐。最起码，巫兹纳德肯定会冲他们大吼一通，告诉他们永远不要质疑自己的教练。

但和以往一样，巫兹纳德又让大家吃惊了。

"今天主要练习防守。"他冷静地说，"但在教大家站位、防守策略之前，必须先告诉大家，如何成为一名防守者。这两堂课不是一回事。"

一个低沉的刮擦声突然传来。雨神四下看看，眉头紧皱。

"防守者必须具备怎样的素质？"巫兹纳德问道。

又是一声刮擦声。雨神紧张地四处张望。巫兹纳德是不是把危险品带进球馆了？他是不是要开始复仇了？他知不知道换教练的决定是雨神自己做的？其他人在猜测着巫兹纳德问题的答案，但雨神基本听不清。每一次刮擦声，都像在靠近雨神。雨神感到一阵寒意爬上脊梁骨，他不住地颤抖。他该做什么？要不要逃跑？

永远奔跑。向前、向后、原地踏步，一切同时进行。

雨神看着巫兹纳德，感觉自己怕得直往后躲。主教练巫兹纳德身后的球馆似乎越来越黑，变成阴影，只留下雨神和巫兹纳德。巫兹纳德走到雨神旁边。

"看，"他轻轻地说，"看见了吗？"

雨神皱皱眉头，向巫兹纳德身后看去。黑暗有了自己的形状：制胜一球；冠军奖杯；闪着光芒的汽车；一幢大房子，每个房间里都铺着地毯；然后是雨神自己的脸，比现在稍微成熟，牙齿像牙膏广告里一样雪白。一家四口坐在柔软的沙发上……

巫兹纳德盯着这些幻象："这是你追逐的目标吗？"

雨神跑上前去，期待着，希望这些幻象成真。他父亲也在里面。家人重新团聚了。弟弟拉里和母亲脸上挂着笑容。他们需要钱，如今有钱了。

雨神的手腕突然被狠狠地拉了一下。他停了下来，向下面看去。一根腰带缠住了他，另一边连接着一根铁链，铁链的另一边连着一个小轿车大小的铅球。雨神拽拽铁链，铁链动了，但最多只动了1英寸（2.54厘米）。他再度向黑暗中看去，向家人的方向看去。

图像在慢慢消散，只留下一个人的轮廓，等待着。

"别走！"雨神说，"我这就来了，等等我！"

他奔跑着，抗争着，强迫双腿前进着，几乎要钉在地上。整个身体极度绷紧，他感觉自己要在压力下爆炸。但他还是努力前进着。

第四章 老虎 | CHAPTER FOUR: THE TIGER

图像陷入完全黑暗。雨神跪倒在地上。

"不要啊。"他轻轻说,"求求你了。"

"人生就是一次漫长的跑步。"巫兹纳德说,"但如果你扛着所有的重量,一路就会跑得更难。"

"我不明白……"

"你会明白的。"

那刮擦声又回来了,声音大到无法忍受,在黑暗中发出上千次回音,震得地板作响。雨神捂住耳朵,但眼睛仍然盯着家人曾经出现的地方。

"那是什么声音?"雨神高喊道。

"谁能去把更衣室的门打开吗?"巫兹纳德安静地问。

黑暗突然变得亮白,然后变灰,布满灰尘,闪着荧光,开始有了形状。

雨神回到费尔伍德球馆,发现整支球队都在更衣室门口。雨神意识到,刚才的噪音来自更衣室。有东西在里面,那东西长着巨大的爪子。他退后了几步。

这次是真实的吗?他想。

一切都是真的。越早意识到这一点,就越早可以开始踏上征途。

雨神眨了眨眼。竹竿在门前站着,不停地颤抖,手指环绕着钢制门把手。他拉开门,门里是一片漆黑,然后是一撮橘红色的毛发。

一只老虎慢悠悠走出更衣室。雨神完全不敢相信眼前的一切。老虎这种生物已经灭绝很久了,几乎只存在于神话中。但眼下，这只老虎走到巫兹纳德面前坐下，对着孩子们微微一笑，露出牙齿。

"来见见卡罗吧。"巫兹纳德说，"感谢她今天自愿来帮我们。"

老虎好像在打量每个人。橘红色的厚皮毛在肚子地方渐变成白色，像是刚刚踩过干净的雪。紫色的眼睛镶嵌金色光斑，好像黑夜里的繁星。但雨神只注意到她闪闪发光的尖牙，以及半藏在肉垫里的黑色爪子。

"雨神。"巫兹纳德说，"往前走一步。"

雨神警觉地看着巫兹纳德。和自己怀疑的一样，这就是巫兹纳德的复仇，老虎是过来咬自己的。

其他队友也转向雨神。雨神知道，大家想看看自己会做些什么。他想拒绝，想放弃，想回家。如果他这么做，没人会怪他，毕竟可以说，巫兹纳德已经威胁到了他的生命安全。

球场上，等待雨神的是虎牙和虎爪。但他没有退缩，依然留在场上。

巫兹纳德之前说得很清楚：如果谁敢离开，就不允许再回到球队。就是这么严厉。很明显，现在球队里巫兹纳德说了算。如果雨神胆敢离开，也就意味着雨神的新赛季还没开始，就已经结束了。

这不可能。雨神不可能放弃精英青年篮球联赛，更不能把远大的计划抛在身后。

雨神向前一步，眼睛看着老虎。"嗯？"

巫兹纳德从地板上拿起一颗篮球，扔向场地中央。球在中圈正中心停住，好像被磁铁吸住一样。

"训练内容很简单。"巫兹纳德静静地说，"把球拿起来。老虎

第四章 老虎 | CHAPTER FOUR: THE TIGER

卡罗防守。我们一个一个轮流来。我想让每个人都看好了，把看到的一切都好好记下来。"

卡罗笑了，露出两排弯刀一般的牙齿，舌头舔过每一个牙尖。

"什么？"雨神不敢相信，"我才不会靠近那个东西。"

卡罗动了动身子，看上去像是被冒犯了。雨神后退了一步。

"或许也可以别叫她'东西'。"泡椒建议道。

卡罗开始在篮球前来回移动。她的重心压得很低，肌肉紧绷，身上的条纹荡起涟漪，弯曲变形，像是要把雨神吸到体内。雨神感觉自己正在被老虎催眠。

但他还记得最重要的事：老虎要把自己吃了。

"好吧，我懂了。"雨神赶忙说道，呼吸急促，"对不起，我们不应该让弗雷迪炒掉你。"

"这不是惩罚，是练习。把球拿来。"

"但……"雨神说。

"真正的防守者一定要像老虎。第一个拿球进攻的人，就能把自己的手赢回来。"

雨神低头看看自己树墩一样的手腕。他想把手拿回来，非常想。没有右手，威胁到的不仅仅是雨神自己的未来。他试着不再颤抖，慢慢向右跨出一步，试探着老虎的反应。卡罗像流水一样慢悠悠跟上来。雨神试着往左走，卡罗还是慢悠悠地跟着他。

"好的。"雨神天真地想，"我能行。"

雨神突然一个假动作往左，然后全速向右移动。他只有这一次机会。雨神刚一变向，卡罗便猛扑上来，把他摔到地板上，力度却出人意料的轻。雨神抬起头，看到卡罗张开的下巴，感觉到她扑面而来的呼吸。他咽了一口唾沫，等待着结局到来。但卡罗只是伸出砂纸一样的舌头，舔了舔雨神的脸，然后走开了。

雨神躺在那里，震惊得挪不动身子。

"老虎把他杀了！"泡椒大喊。

"我没事儿。"雨神直起身子，"她没伤到我。"

"该德文了。"巫兹纳德说。

勇气就在你内心。要学会利用勇气。

"怎么做？"雨神心想。

你知道该怎么做。

雨神看向巫兹纳德。为什么他不能直接回答问题？为什么一定要像猜谜一样说话？雨神本打算巫兹纳德今天走人，但眼下他就在这里，放出老虎，看着队里的明星如此狼狈。雨神生气地叹叹气。球员一个接一个走近卡罗，试着弄明白巫兹纳德到底是什么意思。

如果雨神如此恐惧，又怎能唤起内心的勇气？

没人通得了关。卡罗把每名球员撂倒，舔一下，队友要么大声尖叫，要么咯咯直笑，要么恶心地作呕。壮翰是最后一个，他张开双臂，完全不想走上前去。不管队友怎么嘲笑他，不管巫兹纳德如何暗暗警告，壮翰依然非常顽固。

卡罗坐在地板上，半闭着眼。她能看出来，对手并没有准备好迎战。但即便是在休息，卡罗看上去依然杀气腾腾。

"没那么糟，"竹竿说，"她很温柔的。"

"别和我说话，"壮翰咆哮道。

"我就是想帮帮你啊……"

第四章 老虎 | CHAPTER FOUR: THE TIGER

壮翰转过身来,脸颊在颤抖:"我不需要你帮忙。"

"别火儿啊,哥们儿。"泡椒说,"大家都是一个球队的,忘了?"

"我没别的意思,"竹竿回话道,"就是看你需要帮忙。"

雨神向后退了几步。这么和壮翰说话,可不明智。

壮翰向前一步,推了竹竿一把,竹竿屁股着地,摔倒在地上。泡椒赶忙跑到壮翰身后,用"熊抱"缠住壮翰的胳膊和腿。

"别打了!"泡椒喊道。

壮翰没理他,继续向前,整个身子都在愤怒地颤抖。

"我不需要你帮忙!"他说,"你觉得你能解决我的问题,是吗?知道你是郊区的公子哥,有新鞋,有新手机。你不是这儿的人,你配不上。"

雨神瞥一眼竹竿。壮翰说得一点儿没错。竹竿来自经济发达的北方,那里的房子带草坪,汽车都能正常行驶,路灯到了晚上也会亮起来。在波堕姆,最有钱的人都住在北边,他们想要离开波堕姆,却被边界困住不能脱身。雨神的父亲叫这些人"前波堕姆人",意思是他们并不属于这里。

雨神羡慕地看着竹竿的球鞋——市面上的最新款,白得发亮,高帮,鞋带能自动系紧。竹竿有这双鞋,没什么稀奇的。他想要什么就有什么。而雨神的球鞋,早已磨损得厉害,鞋底快破了,鞋带磨得又薄又破。雨神身体的某个部分同意壮翰的观点。

竹竿不属于这里。

尽管被泡椒缠着,壮翰仍然在步步逼近。阿墙和杰罗姆抓住壮翰的胳膊。壮翰对抗着三个人的缠斗,怒不可遏。

竹竿重新站起来:"你说的都是什么?"

"你知道训练之后我去哪儿吗？"壮翰吐了口吐沫，说道，"去打工，打两份工。就这样，我们穷人还是还不起账单。因为交不起电费，整整一周都摸黑过日子，你经历过吗？你知道因为没其他可吃的，所以把食物上面长的毛挑走再吃是什么滋味吗？你知道因为没钱请医生，只能用毯子把妈妈裹起来是什么滋味吗？"

"我……"

"这就是我全部生活，"壮翰喊道，"但是你把它夺走了！"

壮翰声嘶力竭地喊着，足以把人吓哭。

竹竿犹豫了："谁来首发是弗雷迪定的，就是战术安排啊……"

这句话让壮翰更加恼火了。他向前一步，左手攥紧拳头。

壮翰没能挥出拳头。一只巨大的手放在他的肩上，轻而易举就把壮翰从地板上举了起来。不只是壮翰，阿墙、杰罗姆、泡椒也都飞了起来，紧紧贴住壮翰的胳膊和后背。阿墙和杰罗姆很快放开了手，但泡椒依然紧紧抓住壮翰。巫兹纳德把壮翰转了个身，面对他。

"你知道自己为什么生气吗？"巫兹纳德说。

壮翰盯着巫兹纳德，嘴唇颤抖，身体晃来晃去，就像一只被遗弃的木偶。

"你知道吗？"

"因为他碍我的事了！"壮翰大喊道。

"因为你害怕了。"巫兹纳德说。

他把壮翰放在地上，泡椒从他身上离开了。

"恐惧滋生愤怒、滋生暴力。"巫兹纳德接着说，"恐惧帮你做选择，恐惧永无止境，但我看重诚实。这一次的暴力行为，我原

第四章 老虎 | CHAPTER FOUR: THE TIGER

谅你了。"

"我不干了。"壮翰说,"这训练太傻了,我不干了。"

壮翰的脸颊上,有泪水流下。雨神从没见过壮翰哭。自从他哥哥死后,壮翰一直非常坚强。爸爸?早在哥哥去世之前就离开了他。

眼下,壮翰站在那里,不停地颤抖,肩膀随着抽泣不停地抖动。在雨神眼中,此刻的壮翰就像个小孩子。

如果能在身边人身上发现童真,就能找到真理。

"怎么找?"

用心看。

壮翰走向板凳席,一身怒气。他看了一眼竹竿,说:"你们继续和这怪教练、垃圾球馆、公子哥待着吧。我不需要。残酷的现实世界等着我呢。"

"去更衣室待10分钟。"巫兹纳德声音低沉,不容置疑。壮翰停住了脚步。

他回头看看巫兹纳德:"什么?"

"去更衣室看看镜子里的自己,看10分钟。仔细问问自己,然后再做决定。"

壮翰迟疑了一下,然后冲进更衣室。他狠狠摔了下门,门上残存的灰漆都快剥落下来了。

雨神看着碎片落下。

他环顾四周,心想:"他对自己的队友了解吗?"

巫兹纳德转过身,摸摸卡罗的头。卡罗身形硕大,此刻却像家猫一样，发出呜呜的叫声。

"虽然没人进攻成功，但你们都展示出了真正的勇气。这是个不错的开端。"

雨神的右手突然重新出现在眼前。他伸缩着手指，甩着手腕不停测试——右手丝毫不僵硬，完全没有疼痛，好像从来没有消失过一样。球队一片欢声笑语，大家互相击掌庆祝，但雨神只是攥紧双手，低头看向活动灵活的手指。他的未来回来了。

其他一切都可以抛到脑后，都不再重要。他只需要好好打球。

"那是什么？"杰罗姆问。

雨神向杰罗姆望向的地方看去。一个黑色的圆球悬浮在球馆正中央。它不停地翻滚，好像浮在水中的一滴油。不知什么原因，黑球让雨神的头发、胳膊上的汗毛都立起来了。他向后退了一大步。球馆突然非常冷、深邃且阴暗。

雨神盯着黑球，听到耳边有声音，比巫兹纳德的还要轻……让人心神不宁。

你在寻找什么？

"啊，"巫兹纳德说，"正是时候。"

"那……那是什么？"泡椒紧张地问道，和雨神如出一辙。

"这是个你们想要抓住的东西。"巫兹纳德的声音异常急促，"不，这是你们必须抓住的东西。谁抓住了它，就能成为更好的球员。但它不会一直持续在这儿。如果没人抓得住，大家就跑圈。"巫兹纳德点了点头："开始！"

这个词好像赛跑的发令枪。雨神什么都没想，立马开始奔跑，冲在前面。他太想第一个抓到黑球了，甚至都没想好自己到底要不要抓住这球。但这不重要。这黑球不太好抓。

他伸手去拿，但黑球移动得太快，还没看清楚就飞走了。它在队员之间迂回前进，从一边跳到另一边，像是在嘲弄大家。有好几次，雨神觉得自己终于抓住了，但黑球走了个"之"字，又过掉了雨神，距离雨神手指间只有几厘米。队员们好几次撞个满怀，维恩崴了脚，球场上充斥着喊叫声、警告声，但还是没人抓到黑球。

最后，黑球飞到了距离老虎卡罗很近的位置。卡罗像导弹一样纵身跳起，吞下了黑球。

"这才是好防守。"巫兹纳德赞许地说，"喝点儿水，然后跑圈，罚球。"

球队一阵哀号，大家步履蹒跚地走向板凳席。壮翰重新加入了球队，但雨神完全忽视了大家谈话的内容。他只想着那个球，还有耳边的耳语。

回来球馆的第一天，他就听到过那个问题。听上去很傻。

雨神在寻找什么，在寻找谁，这不是秘密。

他闻到了一股须后水、香烟的混合气味，深深吸了一大口。虽然这气味属于回忆，但还是填满了雨神的肺部。或许回忆并不美好，这气味至少代表那个人在这里。雨神习惯闻着这股气味醒来，跑上跑下，不停挥手，跟着破旧的汽车在路上缓慢前行。

回忆的分量太重了。

雨神看看巫兹纳德，然后转过身。这个高个子教练，好像还不明白雨神的心思。当然，他怎么可能明白？

大家开始继续跑圈。每跑一个来回，地板就变个样子，山峰、坑洞、悬崖层出不穷。和之前一样，还是没人能投进罚球，雨神也不例外。这一次，没有奇怪的声音打扰雨神的出手，但雨神却在等待那个声音的到来，没办法集中注意力。一小时过去了。或许是同情大家，巫兹纳德让队员趁着喝水的工夫，观察了半小时雏菊。之后又是跑圈。最终，竹竿把罚球投进了，每个人都瘫倒在地板上。

"这才刚刚开始。"巫兹纳德拍拍卡罗的头，说道。

"刚开始？"拉布嘟囔道，"我都要晕倒了。"

"明天我们练习集体防守。"巫兹纳德说，"今晚大家好好休息。"

他拿起背包，走向球馆正门。卡罗跟在后面。

"你……你要把老虎带走？"泡椒说。

球馆大门被风掀开，巫兹纳德和卡罗慢慢消失在阳光里。

"他可真该学学怎么跟大家说再见。"泡椒说。

雨神拖着疲惫的身躯回到板凳席，双脚几乎抬不起来。队员们也累得步履蹒跚，筋疲力尽，一屁股坐下。

"今天我们可是和老虎一起训练了。"泡椒有气无力地说。

有人开始笑，笑声传递开来，大家都笑开了花。雨神也和大家一起笑起来。训练的内容太可笑了，太不可思议了。雨神似乎只能做到这样了。

"来段说唱吧，泡椒。"杰罗姆擦着笑出的眼泪，说道。

泡椒停了下来，开始打一套全新的拍子。

第四章 老虎 | CHAPTER FOUR: THE TIGER

"We came to play ball
but that ain't all
We got a coach who's crazy
don't know this team is lazy
Big John don't run laps
Now he's about to collapse
We got tigers chilling
Twig's the villain
and through it all
Peño the man keeps his eye on the north wall."

打球才是唯一愿望

现实情况却走了样

新任教练真够疯狂

不知球队懒得够呛

壮翰平时从不跑圈

如今他已呼哧带喘

我们训练与虎为伴

竹竿才是首席坏蛋

不管外面风云变幻

泡椒只盯着北墙看

泡椒唱完，以一个夸张的姿势收尾，手指向墙上的冠军旗帜。

"不然泡椒以后就别盯着旧锦旗了，赢一面新的吧。"拉布说。

"就在今年了，宝贝儿，"泡椒说，"只需要让巫兹纳德祸害其他球队就行。"

雨神回想之前发生的一切。他依然认为，巫兹纳德可能是一切的始作俑者——至少是始作俑者之一,这点毋庸置疑。但毫无疑问,雨神眼前看到的,都是自己想看到的画面。带大走廊的房子,还有他的父亲。巫兹纳德怎么可能知道这些事情?

他转身面向锦旗,看着旗子上那些过去的年份,老旧的球队,幻想着和父亲坐在一起,靠在父亲粗壮的臂弯里,听父亲说话。

"我没机会了,"父亲总是这么说,"但儿子,你可以挂一面锦旗上去。我相信你。"

儿子。雨神无比想念这个词,想念它在心中的分量,更想念它代表的温馨。

雨神感觉有一只胳膊搭在他的肩上,他又闻到了那股松木、香烟混合的味道。这一次,雨神全身心呼吸着这个味道,期待着靠在厚实的胸膛,额头被胡茬扎得直发痒。雨神就快控制不住自己,一只手抓住板凳边缘保持平衡。松木味消失了,影子也不见了。

再也没有父亲照顾自己了,留下的只有破碎的承诺,热泪毫无预兆地流下来。雨神不能让其他人看见自己哭,他要做那个坚强的人。

雨神用胳膊草草擦了擦脸,匆忙来到更衣室。

更衣室的镜子里,有个男孩在等待雨神。他们需要教会对方,如何学会更加坚强。

⑤ 保卫要塞

冠军如同潮头，

收放自如，排山倒海，

更始终如一。

◆ 巫兹纳德箴言 ◆

第五章 保卫要塞 | CHAPTER FIVE: DEFEND THE KEEP

第二天早上，球馆中央出现了一个城堡。雨神穿过球馆的大门，心想着无论巫兹纳德今天计划练习什么，他都准备好了。但事实上，他并没有做好准备。

城堡有着正方形的地基，城墙由灰色石头筑成，表面光滑，看上去已是历经了几个世纪雨雪的洗礼。四条坡道通向城堡的第二层，每个入口都从外墙切分出来。城堡第二层是最后一个坡道，通往城堡顶端。城堡顶端呈金字塔形，每一面都雕刻着花岗岩和金色的奖杯。

雨神膝盖软了。他一下子就认出了奖杯。

奖杯足有3英尺（0.9米）高，一旁装饰着一个金色的篮球，闪着灰色的荧光。那是全国总冠军奖杯。赢得奖杯，意味着赢得了名望，赢得了赞助商的赞助费，赢得了大学的录取通知书，赢得了希望。精英青年联赛举办92年以来，从来没有来自波堕姆的球队赢得冠军。但眼下奖杯就在那里，就在他们老旧的球馆里，在一个城堡上面。

雨神眨了眨眼，抑制住想要掐自己的冲动。他扭头看向板凳席，板凳席空无一人。整个球馆都空无一人。他回过神来，双手笨笨地扶在门把手上，随时准备逃走。

"雨神，篮球对你来说意味着什么？"

雨神转过身，发现巫兹纳德站在门旁。他看上去完全不像刚刚修建了城堡——条纹西装整洁无瑕，皮鞋锃亮，脸上一尘不染。事实上，过去5天里，巫兹纳德的脑袋上，连一根头发都没有动过。他要么是对事情一丝不苟，要么就是从来不换衣服、不洗澡、不睡觉，甚至不在球馆之外待着。

"大家都去哪儿了？"雨神嘟囔着。

巫兹纳德没有回复，眼睛盯着城堡。

雨神意识到，巫兹纳德在等待一个答案。他思考了一阵子，转身面向那美丽的奖杯，抑制着内心冲过去爱抚奖杯的冲动——从打记事开始，他做梦都想这么做。

"是机会。"雨神终于说道。

"做什么的机会？"巫兹纳德问。

雨神看看他："当然是拥有更多东西的机会。"

"啊，拥有更多。如果你拥有一切，接下来会发生什么？"

"你是什么意思？"

"如果你得到了那边的奖杯，也赢得了DBL联赛的冠军。如果你入选了全明星阵容，甚至成了史上最伟大的球员。如果你实现了多年的渴望，带着家人逃离了波堕姆，和家人重聚，帮助家人从困苦中解脱。如果你生命里的所有事情突然都完美了，篮球对你来说还意味着什么？"

"你对我家人了解多少？"雨神轻声说。

"你的意思是?"

雨神停住了。这个问题他从来没想过。总有更多东西等待着去拥有,不是吗?

"嗯……我……我不知道。估计等到真的拥有一切了,再来操心这个问题吧。"

"你如何才能达到目标?"

"成为最好的球员。"雨神说。

关于这个问题,他无须思考就能说出答案。自打学会走路,他就一直在追逐这个梦想。

"我明白了。"巫兹纳德说。

不知为何,雨神感觉巫兹纳德生气了,但他不知道为什么。

"队友在哪儿呢?"雨神又问道。

巫兹纳德扬起黑白相间的眉毛:"做好准备。"雨神转过身,看见大多数队友都出现在了球馆里,有的坐在板凳上,有的在做拉伸热身。泡椒在场地远端运球,好奇地看着雨神。

"你是谁?"雨神转身面向教授,问道,"你到底是谁?"

"我是罗拉比·巫兹纳德。"

"你是怎么做到这一切的?"雨神坚持问道。

巫兹纳德露出一丝微笑:"我的方法和你一样。"

雨神摇摇头,跑向板凳席。他一靠近,维恩就探身和他击掌。

"你们在聊什么呢?"维恩小声问道。

"我不知道。"

维恩轻声哼哼:"嗯……我听见你俩说话了。他也跟我说话了。我……呃……谁知道呢。"

雨神回过身,看着场地中央矗立的奇怪建筑。这城堡足有30

英尺（约9.15米）高，奖杯快碰上屋顶了。雨神估计这城堡足有几吨重，球馆地板却没有被城堡砸个稀巴烂，真是奇怪。

"他有没有说起这个……东西？"雨神问道。

"没说。"维恩说，"球场中间出现城堡，太正常了。"

雨神哼了一声，穿上球鞋："我跟我妈说老虎的事儿了。"

"然后呢？"

"她跟我说要信任巫兹纳德。"

维恩转向雨神，一幅不可思议的表情："大家是不是都疯了？"

"我不知道。"雨神叹了口气，说道，"可能只有咱俩疯了吧。"

球队很快在城堡面前集合。雨神贴着城堡看。虽然城堡看起来像真正的石头铸成的，却表面光滑，富有弹性，像是光面轮胎。

"今天我们来练习集体防守。"巫兹纳德说。

"好比……区域防守？"泡椒抬头盯着城堡，问道。

"很快就练。"他说，"首先还是要学习基本功。"

"比方说怎么抢城堡？"泡椒开着玩笑，手指在城墙上不断抚摸。

巫兹纳德没理泡椒，把包翻过来，把里面的东西倒在地板上。包里的东西像五彩瀑布一样倾泻而下，雨神听见里面有东西咯吱咯吱叫。

东西从包里继续倾泻而下。先是业余拳击手戴的头盔，半数是红色，半数是蓝色。接下来是毛绒防护垫，一落在地板上就展开了。每张防护垫都有一张课桌大小，背面有两条粗带子。这些东西在地板上堆成了一座小山，巫兹纳德合上背包，放在身边，那怪叫也消失了。没人动弹一下，巫兹纳德指指那一堆东西。

"大家请一人拿一个吧。"

第五章 保卫要塞 | CHAPTER FIVE: DEFEND THE KEEP

雨神拿起一只蓝色头盔,戴在头上,头盔非常合适。他抓起一块蓝色防护垫,防护垫比看上去还要重,和雨神的床垫一样紧实,活像一块混凝土板。其他人也纷纷各自拿了东西。5名球员戴红色头盔,另外5名戴蓝色头盔。雨神看看自己的队伍:泡椒、壮翰、竹竿和杰罗姆。从身高上来看,雨神这一队比对手要矮小。看着双方的头盔和防护垫,他有种不祥的预感。

"游戏很简单。"巫兹纳德说着,指向城堡。城堡硕大无比,阴影笼罩了整支球队。"一支队伍向城堡进攻,另一支防守。哪支队伍用最短的时间拿到奖杯,哪支球队就算获胜。输掉的一方跑圈,赢的一方练习投篮。"

"你是怎么拿到冠军奖杯的?"泡椒渴望地问道。

"我借来的。"巫兹纳德回复道,"蓝队先防守。"

雨神看着城堡。他先来防守——看上去非常简单。他向坡道上跑去,队友跟在后面。雨神一边跑,一边检查城堡的结构,心里琢磨着方案。

城堡的城墙高大无比,表面光滑,非常难爬。想要进到城堡里,唯一的通道就是四条坡道,每条坡道大概3英尺(约0.91米)宽——和球员的防护垫一样宽。也就是说,只需要一个防守者,就能挡住入口。任务看上去非常简单。蓝队围着雨神聚在一起。

"显而易见,我们需要把四条坡道堵住。"雨神说,一人守一条,一旦有坡道遭遇两人冲击,就两人防守。壮翰,你尽可能防守德文。其他人每人守一个地方。我打游击,哪儿有双人冲击就去哪儿。"

"如果他们换人,我对上了德文怎么办?"泡椒问道。

"我们需要谈一下。"雨神说,"如果有人要过掉你,一定要大喊。明白了吗"

大家都点了点头。

"我可不想再跑两小时圈了。让我们赢下这次。"雨神说。

"动起来,伙计们!"泡椒高呼道。

蓝队分散开来,各自冲向坡道。雨神跟着泡椒,毕竟泡椒身材最矮小,最有可能成为对手双人夹击的对象。雨神能判断出红队进攻的重点,从而选择自己需要支援的对象。红队同样四散开来,德文抖着宽大的肩膀。雨神知道,即便对于壮翰这样的大个子来说,德文依然很难防守。雨神看着自己的队伍,皱起了眉头。他意识到,自己制订的根据进攻对手匹配防守人的策略失效了。进攻一方可以挑选进攻对象,防守人永远来不及换防。但很快雨神打消了这个念头。只要自己跑得够快,应该就可以了。

"我能做到,我自己就能赢下来。"他想。

"这也太疯狂了。"泡椒嘟囔道,"但的确很棒啊。"

"没错。"雨神附和道,"我们可是在保卫城堡啊。"

"再来点儿盔甲,就非常像样了。"

"开始。"

尽管巫兹纳德并没有大喊大叫,但声音还是在球馆里爆炸开来。声音源头处,城堡四周满是尘土的木地板形成了一条极深的沟渠,水从裂缝中溢出,形成了一条护城河,河水微咸,呈棕绿色,水里长着水藻,满是沉淀物。地板再次变形,跨过护城河,形成四条窄窄的桥,通向四条坡道。

城堡也变了样:墙壁成了真正的石头,城堡四角升起蓝色的旗帜。雨神感觉自己的衣服愈发笨重,意识到自己就像历史书里写到的骑士:身着钢盔铁甲,肩膀和领口有海军蓝镶边,护甲的皮子已经用旧。

"泡椒……"他嘟囔道。

"没错，我看见了。"他说，"我的大嘴巴还是挺灵的。"

"进攻！"拉布大喊着，胳膊像把宝剑一样向前伸直，红队随即向城堡发起冲刺。和蓝队一样，红队的队员也都身着钢盔铁甲，只不过镶边的颜色成了猩红色。

红队队员的靴子踩在木地板上，发出嗒嗒的响声。他们先是聚在一起，随后立即散开。维恩向泡椒和雨神发起进攻，嘴里喊着战斗的口号。雨神注意到，在另一边，雷吉和拉布正在跑过木桥，所做的事情和他预想的一样——双人出击，从而击溃单兵防守人，尤其是能力较弱的防守人——竹竿。雨神得赶紧行动。

"快来帮忙啊！"竹竿的呼喊，更验证了雨神的直觉。

"祝你好运！"雨神对泡椒说道，然后迅速离开。维恩和泡椒随即扭作一团。

雨神冲到城堡的第一层——身上的盔甲很重，但还不至于把自己压垮——然后冲到另一个坡道，在那里，竹竿正被雷吉和拉布的合力围攻逼得步步后退。雨神加入战斗之中，利用高地优势把对手赶到坡道之下。雷吉停止了攻击，快速穿过护城河，去冲击另外的坡道了。

雨神的计划得以完美实施。

"继续努力啊，竹竿！"他说。

雨神回到坡道上方，在城堡四周不停奔跑，寻找雷吉可能再次现身的地方。壮翰、泡椒还在与阿墙、维恩一对一捉对厮杀，都还坚守着阵地。雨神看到杰罗姆被逼得不断向坡道上方后退。杰罗姆的对手是肌肉发达的德文，他很明显不是德文的对手。雨神犹豫了，他还没找到雷吉的踪影。

"帮下忙啊！"杰罗姆呼喊道，用余光透过肩膀看向远方。

雨神意识到，自己没有其他选择。德文就快要攻破防守了。雨神冲到坡道，止住了杰罗姆的颓势。但即便雨神和杰罗姆两个人镇守高地，战斗依然难解难分。德文的身体异常强壮，两只脚活像挖掘机的轮胎。

"球场上你怎么没今天这能耐？"雨神说道。但德文并没理会他，依然继续进攻。

"我一人打两个！"泡椒高喊道，"我挡不住他俩！"

"雨神，"杰罗姆紧张地说，"我需要人帮忙……"

但这一次，雨神别无选择，必须帮泡椒防守双人进攻。

"顶住，杰罗姆！你肯定能行！"雨神说完就离开了。

雨神转向泡椒防守的坡道，坡道距离自己很近。两名进攻球员——维恩和雷吉——几乎冲破了防守，泡椒的双脚不断向后退，仿佛穿上了溜冰鞋。雨神顶住泡椒后背，把球队的小后卫夹在自己和进攻球员中间，守卫着阵地。

"推！"雨神大喊。

"阿墙刚刚走了！"壮翰说。

"拉布也是！"竹竿补充道。

雷吉看了看，笑了。

"伙计们。"杰罗姆哽咽了。

雨神听见一声重击，赶忙跑回去，只见杰罗姆平躺在地上，目光呆滞，任由德文、阿墙和拉布跨过自己的身体。红队的3名进攻队员，已经冲破了最后一条坡道。能够阻挡对手的，只剩下雨神一人。德文冲在红队最前面，疯狂进攻。

第五章 保卫要塞 | CHAPTER FIVE: DEFEND THE KEEP

"帮帮我！"雨神说。

雨神试图挡住对手，他站稳双腿，举起防护垫，闭上眼睛。他知道即将到来的是什么。德文正在全力冲刺。雨神感觉自己撞上了火车头。

雨神被撞得飞了起来，重重摔在石墙上，又掉在地上。红队冲上最后一条坡道，在一片庆祝声中高高举起奖杯。雨神慢慢地站起身来，后背摔得生疼。蓝队的其他队员聚集到雨神身边，一言不发，心情郁闷。雨神愁容满面。

"别担心，"雨神嘟囔着，"我们能超过他们的纪录。"

就在这时，巫兹纳德的声音打断了欢呼声。

"1分47秒。蓝队，该你们进攻了。"

"来吧。"雨神说。

他带着队友穿过护城河，试着理解刚才自己是如何被轻易击败的。

"刚才真是太难防守了。"壮翰说。

"嗯，说防守难的话，大家都难。"雨神说，"要是他们想玩儿花招，我们也能玩儿。"

他回头望向城堡。城堡的旗帜已经变成了深红色，依然随着不存在的风飘动。蓝队聚在一起，雨神又制订了计划。

他对战术足够了解——进攻一方必须做好选择。游戏的胜负在于进攻。

"大家听好，我们有优势。我们看清楚是怎么玩儿的了。选好对位的人，就能立马制服对手。壮翰和我去攻维恩，他比较好攻。竹竿、杰罗姆、泡椒先假装分开，然后一起攻击雷吉，除非他有人帮忙。注意避开德文、阿墙和拉布。我们直奔对手的弱点进攻，把奖杯拿到手。"

泡椒大笑道："我们30秒就能搞定！"

"如果我们攻击哪个入口，他们就派双人防守哪个呢？"杰罗姆问。

"另一个就没人防守了啊！"雨神说，"这游戏就是个骗局。防守一方没办法守住奖杯。"

蓝队队员各自分开，站成一排，等待红队队员各自就位。红队没人出现在坡道上方——很显然，他们还在组织防守阵形。雨神不觉得奇怪。如果进攻一方可以随时调整战略，进攻对手的最薄弱环节，防守一方怎么可能防好全部4条坡道呢？

巫兹纳德说过，带动比赛的是进攻。雨神心想。他对此表示赞同。

"开始！"巫兹纳德说。

"他们还没就位！"雨神说，"跟我走！"

蓝队开始发动进攻，冲向距离最近的坡道。队伍并没有遇到任何阻拦。雨神微微一笑，心想这胜利来得太容易了点儿。他拐了个弯，准备径直冲向奖杯，却停了下来，只看见德文正等着他们。蓝队其他队员来不及刹车，撞在雨神后背上。

"怎么……"泡椒说。

德文就站在最后一条坡道下面。身后的红队球员列成一队，肩甲一个贴一个，仿佛一条铁链。他们齐心协力封锁着最后的坡道。蓝队根本没办法碰到奖杯。雨神完全聪明过了头。

但他不会承认失败。

"推！"雨神喊道。

蓝队和德文撞在一起。尽管红队一开始稍稍退后了一点，但很快就止住了颓势。雨神用尽全身力气向前推,但德文身强力壮,又站在高地,红队轻而易举就把进攻一方挡了回去。雨神大腿的肌肉在燃烧,身体不停颤抖,他咬紧牙关,直到下巴感到疼痛。但他依然在坚持。

"没用的!"壮翰说。

"接着推!"雨神大喊,身体又一次和德文的肩甲撞击。但对手的防守,依然和城堡一样固若金汤。

"放弃吧。"壮翰说着,身体卸下了力气,"我们输了。"

"没输!"雨神说。"再使点儿劲!"

"我的腿……"泡椒说。

"再使点儿劲!"雨神命令道。他用尽全力往前推。疼痛感传遍全身,但他不在乎。

时间大概过去了一分钟,让蓝队无比痛苦的一分钟。德文和红队其他队员开始反击。雨神和队友四仰八叉倒在地上,嘴里痛苦地叫喊着。雨神躺在地上,喘着粗气。他失败了。

"时间到。"巫兹纳德说,"红队胜利。"

红队高高举起奖杯,欢庆着胜利。旗帜消失了,城墙变回了橡胶样。雨神身上银光闪闪的铠甲,也变成了涤纶材质的训练服——二手的短裤,父亲穿过的T恤,破烂不堪,T恤被虫蛀过。雨神又想起了什么东西。

雨神始终在寻找的东西,在波堕姆寻找的东西。

"红队可以拿球练习投篮了。"巫兹纳德说,"蓝队,跑圈。"

雨神挣扎着站起身,不愿和队友对视。制订战术的人是他,球队最终却一败涂地。这几天来,他好像无论做什么事情都会失败。球队的领袖不可能输给队友——领袖就是要当最棒的球员,要掌控一切，要超过其他人。但眼下，雨神正看着自己另一半队友高高举起奖杯。

蓝队拖着疲惫的脚步，沮丧地走下坡道，开始跑圈。

距离竹竿投中那个罚球刚刚过去一个多小时。此刻的雨神大汗淋漓，恼羞成怒。他刚才坚持自己罚球3次，却接连投失。

而结束这一切的，是竹竿。

过去发生的一切，让雨神无法理解。

他拖着双脚走到板凳席，一口气喝光了一整瓶水。眼看着红队练习投篮，提升比赛水平，这让雨神更加愤怒。雨神心想，跑圈跑这么久，对自己的时间和才华都是一种浪费。现实和他开了个残酷的玩笑。雨神一屁股坐下，痛苦地擦掉眼睛周围的汗水。

"刚才我们练了什么？"巫兹纳德问道。

两支球队在板凳席上坐好，红队看上去依然洋洋得意。雨神怒视着红队。本来应该是他拿奖杯才对。让蓝队队友失望的不是雨神，而是队友自己。他们不够努力，他们自己放弃了。

"集体防守。"泡椒嘟囔着。

"没错。红队表现得像一个集体。"巫兹纳德平静地说，"你们没有。"

雨神站起身，满脸怒容："那又怎么样？到了球场上，你还想让大家站在一起不是？"

"没错，我想让你们作为一个集体打球。"巫兹纳德说，"球场上，你们保卫的是什么东西？"

"篮筐。"雷吉马上答道。

巫兹纳德点点头，走向城堡，鞋子哒哒地敲着地板。

"蓝队一直在保卫整个球场。集体防守的关键在于合作。防守

第五章 保卫要塞 | CHAPTER FIVE: DEFEND THE KEEP

人要像老虎一样凶猛，身体要壮，速度要快，反应要灵活。这样才能防住人。但如果不合作，不齐心协力保护篮筐，就肯定会被得分。篮筐就是奖杯，需要保卫。"

巫兹纳德俯下身，在城堡的墙壁上找到一个小黑盖子，用拇指和食指捏住，然后用力拉了出来。冷空气从城堡中喷涌出来，即便站在20英尺（约6.09米）之外，雨神仍然感觉冷空气吹到了脸上。空气不断从硬币大小的孔洞里喷出，整个高塔也开始自己折叠起来。没过一会儿就缩成了篮球大小。巫兹纳德把城堡扔进背包。

"防守球员必须时刻做到哪一点？"巫兹纳德问道。

"时刻做好准备。"雷吉说。

巫兹纳德点点头。

雨神把注意力转移到雷吉身上。为什么自己的替补球员，此刻正在领导球队？

"如果球队领袖缺失，就必须弥补。"

"我就是球队领袖！"雨神心想。

"你是吗？"

"其他球员也是一样。"巫兹纳德说着，向球馆大门走去。

"如果没做好准备，我们就是在浪费时间。"

"今天训练结束了吗？"泡椒在巫兹纳德身后问道。

"取决于你。"

一阵冷风吹过，大门猛然打开，巫兹纳德教授走了。

"他这话是什么意思？"杰罗姆问道。

"意思是我们可以留下来继续训练。我们手里有球。"雨神说，他想着今天至少能练习练习投篮，"想打分组对抗吗？"

"快看!"拉布喊道,手指颤抖着指向前方。

大家纷纷转过身,看到魔球悬浮在球场中央。和往常一样,魔球似乎在半空中变换着形状。球馆的温度突然降低。黑色的魔球再次变换形状,直到成为完美的椭圆形。

雨神在魔球里看见了什么东西。那是一张脸。他自己的脸?

你在寻找什么?

"我们该怎么办?"泡椒低声说。

"巫兹纳德说过,我们得抓住它。"阿墙说道,声音听上去没什么说服力,"他说如果能抓到魔球,我们就能成为更好的篮球手。还记得吗?"

竹竿毫无预兆地冲向魔球。魔球快速躲开竹竿的追捕,魔咒再次解除了。整个球队都在追着魔球,挥舞双手,高声大喊。雨神猛冲过去,屁股却重重摔在地上。身边的拉布和泡椒撞在一起。

"小心!"拉布喊道。

"你给我小心点儿!"泡椒崩溃地说。

魔球在队友之间迂回前行了10分钟,行进路线让人眼花缭乱,仿佛在嘲弄大家,随后像炮弹一样飞向距离最近的墙壁,消失了。雨神一脸怒气,揉揉酸疼的右半边屁股,感觉已经瘀青了。他一瘸一拐地回到板凳席。

"还想打分组对抗吗?"泡椒问道。

雨神怒视泡椒,然后一屁股坐下,失败毁了他的心情。"不打了,我们走吧。"

"你没事儿吧?"杰罗姆眼见壮翰一屁股坐在板凳上,揉着脚踝,便问道。

"脚崴了,"壮翰说,"就是捉这个魔球弄的,真是傻透了。"

"你们觉得我们明天要干什么?"杰罗姆问道,"去外太空?"

"我不知道。"雨神说,"今天完全是浪费时间。"

"浪费时间?"雷吉突然问道,"为什么?"

"因为雨神他输了。"阿墙笑着说。

阿墙的偷笑,让雨神非常愤怒。大家是不是都忘了,雨神才是球队的明星?大家是不是都觉得,当明星球员很容易?关键球都是雨神来投,每个人都依赖雨神,每件事都依赖雨神。雨神的脑袋里突然感到一阵压力,要把眼珠顶出眼眶。

这让雨神更加愤怒了。

"我不在乎!"雨神几近崩溃,"那游戏跟打篮球有什么关系?"

"非常有关系。"雷吉说,"它教人如何正确防守。如何作为一个集体防守。"

"那游戏太蠢了。拦住球才叫好防守。得分才能赢球。"雨神把球鞋塞进背包,站起身来,俯视雷吉,"靠我得分才能赢球。如果我不训练投篮,我们根本摸不着胜利。今年对我来说非常重要。"

"你应该说,对我们非常重要。"拉布静静地说。

雨神走向球馆大门,背包挎在肩上。

"没错。"他说,"雨神·亚当斯,和他的西波堕姆狼獾队。"

他走出球馆,大门在身后重重关上。还没走到停车场,罪恶感便向他袭来,还有愚蠢,但他绝不能回头道歉。这里可是波堕姆。这里没有魔法,没有道歉,没有原谅。只有坚韧,才能生存。

他想起来,曾经有人和他说过这番话。想到这里,雨神流下了眼泪。

◆ 6 ◆

预判

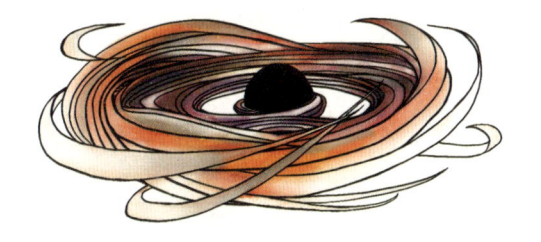

独狼很快就会饿死。

◆ 巫兹纳德箴言 ◆

第六章 预判 | CHAPTER SIX: THE SECOND SIGHT

　　长夜漫漫。雨神一边盯着旧照片看，一边单指转着球。他从未感觉如此孤独。拥有一台电脑，或是一部手机，或是一台能看的电视，这愿望雨神已经许了上百万次。而关于要说什么，他也一直在想。现实如此残酷，却如此真实。如果家人看不到这一点，这也不是雨神的错。

　　去费尔伍德球馆的路上，雨神思索着队友会怎么说他。会说他自私？傲慢？这重要吗？谁能体会雨神肩负的巨大责任？那种被人需要、被人期待，要把家人带出波堕姆、让家人团聚的责任？谁能明白这担子该有多重？他们无须关注弟弟拉里在无人的地方偷偷盯着父亲的照片看。他们无须关注母亲拼命工作才能付得起账单，照顾他和弟弟。他们无须关注父亲因为对一切不满而离开家庭。雨神走到正门，一脸愁容。

　　他不需要队友帮忙。孤独挺好的，孤独成就伟大。

　　他拉住门把手，却停住了。门把手粉刷一新，呈现干净的奶奶绿色。雨神拉开门，门没有发出嘶啦、咯吱的声音，崭新的锁链顺滑地打开了。球馆里全是人。

眼前的场景几乎模糊了，好像一幅被遗忘在雨里的照片。球馆看台上坐满了人，比赛正在进行中。球员看上去和现在不一样——长头发，短球裤。费尔伍德球馆比现在更干净，更新。雨神注意到，他最喜欢的那面旗帜不见了。

雨神走进球馆，眼睛看着比赛。他走上看台，坐在人群中，好像没人注意到他的存在。看着看着，雨神意识到，眼前的球队正是波堕姆西部从前的那支球队——勇者队。那支他最喜欢的旗帜上面的球队，他父亲所在的球队。

球队里有位明星球员。

其中一个球员明显胜人一筹。他在场上每一步都目的明确，总是快人一步，眼睛紧跟着场上发生的一切。他传球精准，控球稳健，进球一个接一个。连续投进第三个跳投之后，他转向观众，挥起拳头庆祝。他的眼睛是……

"爸？"雨神轻声说道。

那个男孩转身走了。雨神站起身来，看着男孩继续统治球场。他真的强到令人难以置信。

雨神再也忍不住了。他走上球场，伸手去抓父亲，手却从父亲的肩膀中间穿过。那个男孩的影像模糊了，整个场景也像蒙上了一层雾。雨神转过身，试图寻找那张熟悉的脸。他在雾里艰难走着。

"爸！"雨神叫道。

但一切都不见了。取而代之的是眼下这支狼獾队，他们正坐在板凳上，甚至没有注意到雨神的存在。

雨神最后一次环顾四周。为什么他会看到那场比赛？父亲真

第六章 预判 | CHAPTER SIX: THE SECOND SIGHT

的是那么打球的？太神奇了。雨神感觉父亲的水平和自己不相上下，甚至更高一点。但父亲从没告诉过雨神自己有多强。这是为什么？如果他这么强，为什么哪儿都没去成？

生平第一次，雨神坐在客队板凳上。板凳在身下不停摇晃，随时可能翻倒。竹竿冲雨神点点头，雨神听到其他人正在低声议论自己。

"看看是谁来了……"有人说。

雨神看看他们，静静地把鞋穿上。其他人说什么都可以，但他们要知道，雨神才是球队的明星。雨神从背包里拿出篮球，那张皱巴巴的纸条就躺在包里，已经躺了几个星期。不知为什么，雨神突然想要读读那张纸条。但肯定不是在这里读，肯定不是当着竹竿的面读。他把纸条放在了背包底部。

"今天感觉怎么样？"竹竿突然问道。

雨神惊讶地看着他："还行。你呢？"

"紧张吧，我猜。"竹竿说，"不知道该期待什么。"

雨神哼了一声："是啊，太疯狂了。不过你什么时候开始说话了？"

"我一直都说话啊。"竹竿为自己辩护，"只是没人愿意听罢了。"

这句话让雨神思考了一阵子。他们真的给过竹竿机会，让他加入球队的谈话吗？关于竹竿篮球之外的生活，他们有没有问过哪怕一句？雨神甚至一个问题都想不起来，但竹竿已经和球队一起打球整整一年了。

"好吧，好吧。"雨神说，"你为什么不像其他队友那样躲着我？"

竹竿挤出一丝笑容,伸了伸腿。

"我不觉得他们在躲你。你昨天生气了,没什么大事儿,谁都会有生气的时候。我也……嗯……经常生气。"

"我昨天可说了,我等于整支球队。"雨神提醒着竹竿。

竹竿耸耸肩,拿过雨神手里的篮球:"谁能责怪你呢?谁让大家都这么说。"

竹竿走上球场。雨神跟在后面,心里想的是妈妈和弗雷迪。竹竿说得没错,自己听到的从来都是赞美。妈妈每天至少夸他三遍。但雨神从来没质疑过他俩,无论他俩说什么,雨神都相信。他觉得自己的确非同一般。

"爸爸是不是也觉得我非同一般?"雨神心想。

"大家都过来。"一个低沉的声音说道,"把球放在一边。"

雨神转过身,看见巫兹纳德站在场地中央,看着自己的怀表。

雨神和竹竿赶紧跑过去,加入队伍中。阿墙和拉布有意回避着雨神的眼神,雨神也一样。球队笼罩在沉寂之中,让人倍感不适。

"今天我们来练习进攻。"巫兹纳德说。

"终于来了。"雨神嘟囔道。

"我们先从传球开始。"巫兹纳德继续说道,"传球是一切进攻的基础。伟大的传球手,都具备怎样的素质?"

雨神沉默了,传球并不是他的强项。

"如果自己是球队进攻的首选,为什么还要传球?"雨神心想。

"视野。"泡椒突然说。

"非常好。伟大的传球手需要动作迅速,反应敏捷,想法大

第六章 预判 | CHAPTER SIX: THE SECOND SIGHT

胆。但最重要的，他们必须有好的视野，能看清当下发生的事，并预测接下来要发生的事，在场上他们必须要清楚所有的情况。"

拉布皱皱眉头："所以说……我们要练习怎么看到更多东西……？"

"没错。"巫兹纳德说，"最好的训练方法，就是让自己什么都看不见。"

球馆的灯突然熄灭了。不只是棚顶的灯，就连从门缝里偷偷溜进来的阳光都消失了。球馆里漆黑一片，雨神连自己的鼻尖都看不见。

"不好玩。"阿墙嘟囔着。

"嘿，小心点！"泡椒尖声说，"你踩着我们的脚了！"

雨神闭上双眼，再重新睁开。一切与之前并无分别。他并不怕黑，但眼前的黑暗已经将他笼罩，好像有了形状，让他将要窒息。雨神呼吸加速了。

"'视野'这个术语很有意思。"巫兹纳德说，在黑暗中，他的声音更显威严，"在这种情况下，视野不只依靠视力。我们能听到、感觉、预测身边发生的一切。如果能做到这一点，一双好眼睛就是加分项。"

运球的声音打破了寂静。雨神放松下来，听着皮球撞击地板反弹的声音：砰、砰、砰。地板在雨神脚下震动，这噪音让人平静，又似曾相识——这是雨神小时候最喜欢的安抚旋律。他的父亲几乎每天都为他弹奏这段旋律。

"游戏很简单。"巫兹纳德说，"进攻方从球场一端开始，另一方在中线等待。进攻方在场上以传球的方式前进。不能运球，只能传球。如果能到达另一端，就算赢。如果丢了球，就轮到另一方传球，直到其中一方获胜。败方跑圈。"

"你还真是喜欢让我们跑圈。"壮翰嘟囔着。

"永远不要低估汗水的价值。"巫兹纳德说，"汗水能让人脱胎换骨。"

雨神试着集中注意力。他踮起脚尖跳跃，感受着地板的回弹。

他了解这块地板。

"首发球员对阵去年的替补球员。"巫兹纳德说，"首发先来，去找球吧。"

首发球员花了 5 分钟才找到球。雨神四处挥挥胳膊，俯身压低重心。每次不小心碰到队友的大腿，或是球馆的墙壁，就需要往后退几步。首发球员终于找到了球，又花了几分钟才在篮筐底下站好——他们直接走到了远端的墙旁边，接着转身，后退了一步。碰撞声、推搡声、咒骂声不绝于耳。

终于，攻防两方都找到了正确的位置。

"好的，我要来了！"泡椒喊道。

"这儿！"雨神提高了音量。

雨神把脑袋扭向一边，害怕传球迎面而来，正中鼻梁。但泡椒聪明地传了个反弹球，雨神锁定篮球，在球反弹第二下时抓住了它。他听见球鞋摩擦地板咯吱、咯吱的声音，其他队友正迈着小碎步，慢慢超过他。

雨神环顾四周，把球举到胸前，"下一个是谁？"

"这儿！"拉布说道，听上去距离雨神很近。"传球。"雨神同样传了个反弹球，却听见一声低沉的哼哼声，听上去很痛苦。

"传高点儿。"拉布虚弱地说，"继续前进！"

他们继续向前方推进。尽管过程缓慢，动作笨拙，但还是把

第六章 预判 | CHAPTER SIX: THE SECOND SIGHT

球运到了中场。但当两队相遇时，混乱爆发了。说话的声音混杂在一起，雨神很难听清楚篮球反弹的声音。不出几秒，球就丢了。

一顿好找过后，板凳球员一队转过身来。还没等走到中线，有人便传了个不着边际的球。球弹向看台，发出当啷一声。

"嗯……"巫兹纳德说，"帮你们驱散一点黑暗吧。"

篮球突然变了颜色，闪着橙色的光，好像球里燃起了火焰。但篮球没有投射额外的光，雨神能看到的只有篮球本身，好似夜空中唯一的一颗星星。红色的球体上下跳动，随即在球馆里漂浮。

"太奇怪了。"泡椒或许正在把球带回起始点。篮球在两只看不见的手中间来回反弹。"大家准备好了吗？开始吧！"

"有人能看见我吗？"阿墙说，"我找不着方向。"

"你说正经的吗？"泡椒说，"就待在那儿吧。雨神，你在哪儿呢？"

"这儿呢！传球！"

球队前进速度更快了。虽然看不见目标，想要传球还是很难，但至少皮球发出的红光让人更容易接住球。雨神专心聆听队友的声音、球鞋摩擦地板的声音，首发球员一队很快就到了中场。一切又陷入一团糟。

两队一相遇，喊叫声就混成了一团噪声，球鞋摩擦地板的声音让一切更加混乱。杰罗姆嘴里大叫着拿到了球。

"两队换边。"巫兹纳德说。

听上去，巫兹纳德忍俊不禁。

两队来来回回，直到雨神大汗淋漓，浑身湿透，舌头上甚至能尝出汗水的咸味。他还是什么也看不见，却感觉自己在黑暗中越来越自如了。至少试了第三十次之后，雨神加速过掉分散的防守人，左右摆动避免碰撞，然后再次转身。

"我在空位！把球吊给我！"

有人把球举到空中，篮球像彗星一样熊熊燃烧，飞向雨神。雨神接住球，随即听见了球鞋极速摩擦地板的声音。攻防两方球员都在加速向他跑来。

叽叽喳喳的叫声之中，一个声音格外突出。

"这儿！雨神！"泡椒喊道，"我在空位……可能在空位！"

声音听上去来自球场远端。雨神猜测着泡椒的位置，单臂把球扔向空中。篮球的飞行好像加了慢动作，雨神听见了更多声音：球鞋摩擦地板、叫喊、咒骂、起跳声。距离地板还剩 4 英尺（约 1.22 米）时，球突然停住了。

"接住了！"泡椒说，"下一个是谁……"

球馆的灯又亮了。雨神看见泡椒就站在篮网旁边。

"首发球员获胜。"巫兹纳德说，"休息休息，喝点水。"

泡椒和其他首发球员相互击掌，欢庆胜利，但雨神并没有加入。毕竟，他还不知道队友想不想和他说话。不过没关系。雨神独自走向板凳席，为胜利得意不已。他拿出水壶，喝了一大口。竹竿走过来，坐在他旁边。

"太疯狂了。"竹竿喝了一大口水，水顺着下巴流了下来。

"没错，"雨神说，"但是和那只老虎比，今天这堂训练根本不算什么。"

竹竿笑了："的确。"

巫兹纳德转身面向大家，一双大手在背后紧握。

"失败的一方，等到训练结束前跑圈。胜利的一方可以选择是否加入，一起跑圈。"

第六章 预判 | CHAPTER SIX: THE SECOND SIGHT

雨神控制自己不要笑喷出来。他们赢了比赛，为什么要加入败者一起跑圈？

"很明显，在进攻一端，大家必须学会如何听声音。"巫兹纳德说，"还有没有其他需要注意的？"

"得分？"雨神建议道。他希望球队能开始练习投篮。

"没错，最终是得分。"巫兹纳德表示赞同，"但我问的是更基础的东西。"

"交流？"竹竿说。

"没错。大家在防守时有交流，但进攻时却忘了。竹竿，请过来一下。"

竹竿脸蛋一红，把水壶放在地上。他紧张地站在巫兹纳德身边，巫兹纳德俯视着竹竿。虽然竹竿的身高足有6英尺5英寸（约1.96米），但他的头顶只能到巫兹纳德的下巴。

"我想让你和球队说一件事，一件你想和大家说的事，要实话实说。"

竹竿抬头看着巫兹纳德："哪方面的事？"

"任何事。如果你们之间不能坦诚相见，就没办法成为一支球队。"

竹竿无所适从了一阵子。"嗯……那个……我没什么事好说的。"

"你有，"巫兹纳德说，"你肯定有很多事要说。挑一件说吧。"

"但是……"

"什么事都行。"

竹竿挠挠胳膊，在胳膊上留下了白色的抓痕。雨神皱皱眉头，他看见竹竿身上有无数这样的抓痕。雨神总是注意竹竿的脸颊，满是痘印和伤疤。他之前从没想过为什么，但现在开始琢磨了。竹竿是不是也总喜欢挠脸？脸上的伤疤是不是竹竿自己挠的？

雨神摆脱了这种想法。竹竿没问题的，他住在好房子里，有完美的家庭。雨神想。

脸上的疤痕也许是胎记，也许是意外呢。

竹竿扭扭身子，看上去不太舒服。"好吧……那个……我一直都很努力，"他说，"你知道，在休赛期，我非常想变得更好。我知道，也许大家不希望这赛季我回到队伍里，但我非常想帮助球队。我想，希望大家能够了解这一点。"

说完，他赶忙跑回了板凳席。雨神看着竹竿，回想自己之前的行为。他这赛季的确不想让竹竿归队……实际上，球队里没人想让竹竿归队。这一点他们从来没有藏着掖着。但竹竿对此都做了什么？整个休赛期，他努力变得更壮，变得更好，让队友不再嫌弃自己。但雨神看到他，说的第一句话就是竹竿看上去一点儿没变。难怪竹竿第一天就很生气。回想到壮翰挖苦讽刺竹竿时，自己基本什么都没做，雨神更是羞红了脸。雨神想过给自己找借口，但看着竹竿脸上的伤疤，猜想着伤疤背后的故事，雨神感到万分羞愧。

"杰罗姆，到你了。"巫兹纳德说。

队员一个接一个走到球场中央。一些球员分享的故事让人很吃惊，其他的则比较常规，比如个人目标，球队目标，泡椒言辞激烈，展望了球队如何赢得全国冠军。最终，当所有人都说完之后，巫兹纳德转身面向雨神，点点头。雨神犹豫了。他知道自己应该说什么……却尴尬得开不了口。

最容易开口说的话，也是最不值得说的话。

雨神退缩了。他走到教授旁边，面对球队，深吸了一口气。

"对不起，"他说，"昨天的事，对不起。我不应该说那样的话，不该说我就是球队。"

"你是这么想的吗？"维恩问道。

"当然不是。篮球是一项集体运动。"雨神顿了一下，"但我是球队的得分王，是球队的领袖。"

"我猜你的意思是，这两件事代表着一样的意思？"巫兹纳德说。

雨神皱皱眉头："当然是。"

"不是，"维恩打断了雨神，"领袖应该推动球队前进。"

"我的确推动你们，让你们变得更好了啊！"雨神说。

拉布摇摇头："不对，你只想着怎么多得分，我们都被你拖着走。"

雨神攥紧了拳头。没错，他的确得了很多分，但球队需要他得这么多分。"那你们想要我做什么？"雨神问。

"我们要你成为狼獾队的一员，"拉布说，"不是雨神·亚当斯和狼獾队。"

拉布脸上的愤怒，逐渐传染到了球队其他人身上。雨神看得到。很明显，雨神把所有人都得罪得不轻，就连自己都没料到。想到这里，雨神冷静了下来。他自己还是唯一能够冲击DBL的球员。他还是西波堕姆狼獾队能够占据首位的最主要原因。但眼前的人毕竟是自己的队友。雨神点点头。没必要和所有人疏远，他想。

"我会的,"雨神说,"我说正经的。大家和好吧?"

球队安静了一阵子。雨神不知道大家会不会拒绝接受自己的道歉。这赛季,他们会不会拒绝和自己一起上场?那时候该怎么办?他们会不会把自己踢出球队?

泡椒走上前去,拍拍雨神:"没事了,哥们儿。过去的事情都忘了吧。"

两人击了击掌,大家低声表示赞同。雨神注意到,巫兹纳德还在看着自己。有那么一瞬间,他看见巫兹纳德明亮的绿色眼睛里,闪过一丝失望。但巫兹纳德很快回到了场上。

"大家来打分组对抗赛吧,一小时。"

"不开玩笑?"泡椒警惕地问。

"锻炼视野。雨神、维恩、拉布、阿墙、德文,你们5个一组,打其他人。"

巫兹纳德拿出一颗篮球,单手持球,眼睛向下看着篮球,若有所思。

"人类很容易分散注意力。如果关注某一个演员,就会忽视其他人。荷官发牌时,我们只会关注一张牌。我们关注篮球,却忽视了比赛。"巫兹纳德看看大家,又看看篮球,"人类能看见很多东西,但我们选择不去看那么多东西。这种选择的确非常诡异,很难理解。"

雨神的视力突然发生了变化,就像手指挡在双眼前面,完全遮住了视线,只能用余光看东西。他喊出了声,也听见其他人大喊大叫。雨神确认,自己不是唯一一个视力受到影响的人。他转来转去,不停摇头,揉搓双眼,尽全力把这全新的障碍消除。

但无论怎么做都没有效果。他只能用余光看见东西。

第六章 预判 | CHAPTER SIX: THE SECOND SIGHT

"不好玩！"拉布喊道。雨神瞥到拉布，看见他像个陀螺一样旋转。

"我看不见了！"壮翰喊道，"那个……有点儿看不见了！"

雨神试着冷静下来。这又是一场幻觉而已，和他之前消失的右手一样。惊慌失措没有意义。雨神吸了口气，脑袋稍微歪向一边，做好姿势。

"准备好了吗？"巫兹纳德问。

"先说清楚，有没有其他人不想听了？"泡椒问道。

巫兹纳德把球扔向空中。雨神把脑袋转向一侧，用有限的视力跟踪篮球运行的轨迹，却只是徒劳而已。应该比在一片漆黑中传球容易些，但雨神感觉更加晕头转向。他如此依赖自己的视力，如今却只能用余光看东西。感觉上，雨神的其他感官更加迟钝了。终于，他看见维恩抱起篮球，开始运球。

"保持交流！"维恩喊道，"告诉我你在哪儿！"

"我在落位！"雨神回应道。

雨神在场上缓慢地移动，不断挥舞着双手。他来到底角，看见维恩运球来到三秒区弧顶，但却看不到防守人，也看不到篮网。

只要手里有球，一切就无所谓了。雨神对自己说。

维恩把球传给雨神，雨神接到球。他转身面向篮网，审视着整个球场。雨神向左边运球，试图瞧见雷吉。眼看雷吉慢了自己一步，雨神便直插篮筐，过掉中距离的泡椒和杰罗姆。

眼前面对的只有大个子了。雨神怀疑竹竿或者壮翰会不会上前一步，试图封盖自己。通常来说，雨神会走右路过掉对手，然后上篮。但现在是不可能了。他看不见防守人从哪个方向过来。他需要另一套方案。

雨神发现拉布一个人站在底角，于是把球传给拉布。

"我能看见！"拉布喊道，然后出手，命中投篮。"雨神，传得漂亮！"

雨神皱皱眉头，跑回后场，压着雷吉一个身位。他很少做刚才那样的传球，但今天这是唯一的选择。他召集回防的队友一起交流。好像每个人都成了解说员：

"我站在三秒区弧顶！"

"我们打二三联防，德文和阿墙站在底线！"

"我防守右路……泡椒拿球……谁来防他？""我看见他了……往前点儿！在我身后补位！"

"雷吉把我过掉了——谁来防他？"

"我看见他了！他放慢速度，准备传球。注意防空切！"

雨神在侧翼防守雷吉，一只手紧跟着他的轨迹，脑袋不停转动。一旦有进攻球员跑过，并且在雨神视线范围之内，雨神就需要搞明白对手要去哪个方向，然后提醒队友。这是战略的一种——节奏缓慢，但有条不紊。随着训练赛的继续，雨神感觉自己越发能够融入球队。无论是进攻还是防守，他都对队友非常依赖。只有每名球员都开口交流，比赛的感觉才能出来。如果有一个人保持安静，他所在的区域就是漆黑一片，好似拼图丢了一块。

雨神同样意识到，无论何时，只要跑出空位投篮的机会，他的视野就会提升。而如果突破进人群，视野就保持不变。后仰跳投，远距离三分也是一样。如果运气足够好，就能完全看见。想要获得完整的视野，就需要不停跑动，为队友掩护，不断变换节奏。

通常来说，雨神会要球在手，然后从接球地点发起进攻。而今天他需要跑出空位。

最终，雨神把跑位练得无比纯熟，本人也已是气喘吁吁。巫兹纳德叫停了训练，走上球场。雨神转过头，看着巫兹纳德。

巫兹纳德看上去……心满意足。这是雨神从来没见过的神情。

"拿上水壶，跟我到中场去。"他说。

一眨眼的工夫，雨神的视力又恢复了正常。他长出一口气，如释重负。队员们拿起自己的水壶，跟着巫兹纳德跑步到中场。大多数人都咧嘴笑了。

"谁赢了？"泡椒喝了一口水，问道，"我有点儿记不清了。"

"谁也没赢。"巫兹纳德说，"但是每个人都赢了。你们平时是这么打球吗？"

"当然不是，"拉布说，"我们平时都跟慢动作似的。"

"速度是相对的。对于速度最快的人来说，其他人的动作都是慢动作。还有其他的吗？"

竹竿擦擦下巴上的水珠："我们……我们在场上交流很多，是最多的一次。"

"没错。还有吗？"

"我们在进攻中积极跑位，"泡椒说，"罚球线附近传球很多。空切之类的也很多。"

巫兹纳德点点头："如果一个人无法看清自己的线路，传球就是自然选择。还有其他的吗？"

大家陷入了长时间的沉寂。

雨神又喝了口水，回想刚刚的训练。一件事令他印象深刻。

"我们需要思考队友所在的位置……应该在的位置。需要对比赛进行预测。"

"没错,"巫兹纳德说,"大家需要看到的,不只是眼睛看到的东西。现在该跑圈了。"

替补球员抱怨着站成一排,雷吉站在排头。首发球员看着替补球员,一些人则瞥瞥雨神,但雨神依然站着没动,盘起胳膊。他终于赢了一次,不需要跑了。替补球员开始跑圈,首发球员站在原地观看。巫兹纳德也在看着,但绿色的眼睛看上去更关注首发球员。雨神拒绝和他发生眼神接触。他甚至能感觉到巫兹纳德的不满。

替补球员没跑太久。5圈过后,雷吉命中罚球。他们回到球场中圈,和其他人站在一起。

巫兹纳德打开背包:"现在你们的视力都恢复正常了。但你们真的在看吗?我们需要重新学习如何看东西。"

他从背包里拿出雏菊,放在球场中圈中间。

"不是吧,又来了。"泡椒嘟囔道。

"还会有很多次,"巫兹纳德说,"如果想要赢球,就必须把时间放慢。"

球馆前门被风吹开,重重地打在两边的墙上。

"这花你想让我们看多久?"雨神问。

巫兹纳德走到球馆外,眼光洒在身上:"直到你们看到新东西为止。"

大门砰的关上,呼啸的风声也停止了。雨神叹了口气。他以为球队已经取得了进步,但巫兹纳德却又把那朵雏菊拿了出来。壮翰走向板凳席。

"你要去哪儿?"杰罗姆问道。

"我才不死盯着一朵傻花呢，又没人逼我。"壮翰冷笑了一声，"我不干了。"

"你还好吧？"泡椒问道。

壮翰转过身。"泡椒，我告诉你，我不好。我们生活的地方叫波堕姆。这地方的事情都不太好。你想和那个怪胎相处，和他一起训练，随便你去。但这么干，在波堕姆活不下来。别忘了你人在哪儿。"他愤怒地看了竹竿一眼，"有时间我不如去工作。"

壮翰抓起背包，走出球馆。雨神眼睛盯着花朵，内心犹豫不决，然后走向板凳席。壮翰说得没错：盯着花一直看，就是在浪费时间。雨神拿起自己的球，开始投篮练习。他需要不断雕琢技术。巫兹纳德想练什么，就让他去吧。

等到比赛来临时，只要雨神能得分，他就无人可挡。

泡椒、拉布、阿墙、维恩、杰罗姆纷纷跟着雨神投篮。但德文、竹竿和雷吉依然坐在板凳上。

"他们真傻，"拉布嘟囔道，"浪费时间。"

雨神耸耸肩："他们想干什么就干什么吧。我要练习投篮了。"

"我想知道大家是否要去……"拉布说。

泡椒打断了他："看！"

此时此刻，魔球正在德文头顶上盘旋。每个人都愣住了。德文眼睛继续盯着花朵，没有移动一丝一毫。没人喊他的名字，告诉他小心点儿。大家都呆住了。雨神感觉到，德文自己也知道头上有球。时针一秒一秒走得很慢，看上去几乎停止了。德文毫无预兆地站起身，拿起魔球，魔球像沥青一样在指尖熔化。德文笑了。

随后，德文便消失了。

7

下雨吧

仰望星空，

选择成为老鼠或者山峰。

两种选择，没有对错。

◆ 巫兹纳德箴言 ◆

第七章 下雨吧 | CHAPTER SEVEN: MAKE IT RAIN

雨神叹了口气，瞥了一眼球馆大门。现在可能已经9点了。他又在那棵老橡树下等候，看着队友顺次走进体育馆，雷吉、竹竿和德文除外。雨神猜想，雷吉和竹竿可能在自己来之前就来了，德文嘛……他今天来不来训练，都很难说。

就在昨天，消失不到一分钟之后，正当球队决定要不要喊救命时，德文便重新回来了。有几个人想问问德文是不是还好，但他只是拿起自己的粗呢子背包，离开了球馆，一句话都没说。雨神整晚辗转反侧，不停思索，思索着德文的消失，思索着自己内心的恐惧。

他害怕回到费尔伍德球馆，害怕黑球，害怕巫兹纳德，更害怕耳边窃窃私语的声音。就在现在，他有些想放弃了。但他不能放弃篮球，不能放弃自己的未来，更不能放弃家庭。他不会退出。

那就要迈出第一步。

雨神退缩了。即便他人在球馆外面，巫兹纳德也能在脑子里和自己对话。雨神揉揉额头,手指盖住眼睛和脸颊,感觉自己就像戴着面具。他走进球馆,走向板凳席,开始换衣服。

"又是新一天,准备好了吗?"泡椒喊着,一边在近端的篮筐投篮。

雨神哼了一声:"我不敢说。"

他穿上鞋,盯着墙上的冠军旗帜。眼神落到了父亲赢得的旗帜上。

"父亲有没有跟你讲过他当年打球的事情?"巫兹纳德问。

雨神差点儿从板凳上摔下来。巫兹纳德就坐在他身边,吃着油亮的苹果。巫兹纳德坐在上面,膝盖和雨神的下巴一样高,看上去很滑稽,但巫兹纳德看上去很舒服。他又咬了一大口,然后盯着球队的冠军旗帜。

雨神皱起眉头,系紧了鞋带:"说过夺得亚军那一年的事儿。"

"他怎么说自己的?"

雨神停了一下:"就说他当时很厉害。但他不只是很厉害,他是相当厉害。"

"他的确很厉害。"

"你认识他?"

"我和你一样,看过他打球,"巫兹纳德说,"他是个球星,才华横溢。"

雨神眼看着巫兹纳德又吃了口苹果。

"他为什么没能更进一步?"雨神问。

"因为自大。他希望回报能够自己到来,却没有努力争取。"

"但他总是跟我说,要比其他人更加努力。"

"那是他后来学到的东西,"巫兹纳德点点头,说道,"是他和你分享的道理。"

"我的确很努力……"

"没错，你对比赛、对投篮、对你的未来的确很努力。"

"那我还应该练些什么？"

"真正的目标。但首先，你要找到它。"

巫兹纳德站起身，随手把苹果核扔向球场另一端。再一次，苹果核完美命中垃圾桶。巫兹纳德转身面向雨神，眯起绿色的双眼。

"成为球队的领袖，你准备好了吗，雨神？"他问。

雨神仰望着巫兹纳德，犹豫了。"我就是球队的领袖。"他说，虽然音量逐渐降低。

"你不是，但你可以是。"

巫兹纳德走上球场，召集球队："大家集合。今天练习投篮。"

雨神思考着巫兹纳德的话，又想起拉布昨天听到自己道歉之后愤怒的神情。他不是球队的领袖，还不完全是，他想。大家不愿意听他指挥，更不愿意尊重他。为什么？他比其他人都要努力，关键球总是他来出手，防守端也拼尽全力。

球队集合，雨神小跑着入队。

"你睡得怎么样？"泡椒悄悄问道。

"我没睡着。"

泡椒哼了一声："我也没睡着，一直在想自己也可能噗一声，然后就消失了。"

巫兹纳德拿起一颗篮球，然后审视着队员，一个接一个。

"你们当中，有一个人已经经历过黑暗了，"巫兹纳德说，"格拉纳变得更强了。"说完，他把球传给德文。眼前的一切都变了。

雨神恐惧地退后了几步。队员们所在的位置不再是费尔伍德馆，而是站在一座光秃秃石头山山顶上。山底被迷雾笼罩，不见踪影。山好像被千年的风雪侵蚀，成了一座高塔，表面满是裂缝，凹凸不平，足有 1 英里（约 1.6 千米）高。10 英尺（约 3 米）之外，一个篮筐被固定在一个更加危险的石头塔上。两座山峰下方，是模糊不清的雾。

"不对，不是雾。"雨神意识到，"是云。"

雨神感觉胃里一阵恶心，又后退了一步。队员脚下的平台，大小大概和半个篮球场相当。山顶的空气冰冷刺骨，虽然没有风，但雨神已是瑟瑟发抖。空气死寂。雨神寻觅着巫兹纳德的踪影，但山顶上只有球队的队员，以及广阔的天空。

不知为什么，雨神觉得自己认识这个地方，认识这座山。这岛上山峰的样子，他在巫兹纳德的眼睛里看见过。

他听见队友在争论，却没办法集中注意力。他环顾四周，震惊不已。这不可能。这石塔太窄了，怪石嶙峋，残破不堪。但他觉得就是它没错。

一声震耳欲聋的巨响，打断了雨神的思绪。他环顾四周，看见一块石头从山坡剥落，跌入云层里，石头足有妈妈开的车那样大。不断有新石头跌落，山顶的平台面积越来越小，球队也接连后退了几步。

"我们得采取行动，"竹竿插话道。

"比方说？"维恩问道。

"我们不是要练习投篮吗？也许我们应该去投那个篮筐。"

又一块石头跌落下来，雨神吓得大叫。那声音非常吓人，好像炸药在悬崖峭壁爆炸。巨石弹了一下，又发出一声巨响，然后

第七章 下雨吧 | CHAPTER SEVEN: MAKE IT RAIN

跌入云层。雨神看了看悬崖边,感到胃液直往上涌,就快顶到嗓子眼了。要是他们掉下去了,肯定有足够的时间思考一切后果。

想到自己的母亲、弟弟、奶奶,雨神感觉更难受了。他本应该成为家庭的救世主。如果死在这里,一切都完了。他的父亲……父亲会知道这些吗?

"投篮吧,雨神。"雷吉劝说道,声音都喊哑了。

德文把球传给雨神。雨神接过球,随即感觉浑身颤抖。他的手指划过球皮。通常来说,他会坚持自己来投关键球,但眼下,他没办法保持全神贯注。但雨神知道,他还是没办法相信其他人。或许整支球队只有这一次机会。

这才是终极的压哨一投。这才是真正的最后一投。

距离悬崖边还有数米,雨神停住了,不敢再靠近。他把球举到习惯的位置,手肘和肩膀正对篮筐,手指放松,双脚叉开与肩同宽,然后深吸一口气,出手投篮。但颤抖的身体还是影响到了投篮。

雨神的手指湿漉漉的,不停颤抖。篮球离开手指,向前翻滚,磕在篮筐前沿,然后坠入悬崖下方的深渊。雨神看着篮球消失,目瞪口呆。他又让球队失望了。大家只有一个球。一切都结束了。

正当雨神转身面向大家时,篮球重新蹿向空中,落到维恩手里。维恩看着球,眼睛睁大了。第三块巨石掉了下来。

"继续投篮!"竹竿喊道。

球队开始投篮。又投丢了两球。球来到竹竿手中。他深吸一口气,向前一步,出手命中。

"太棒了!"维恩说,"现在可以离开这里了。啊……"

篮球向上飞去,停在了阿墙手里。

"看上去我们每个人都得把球投进。"竹竿说。

"完美。"维恩说。

一切继续。无论篮球有没有穿过篮网命中,都会像弹弓发射一样,立即从山的一侧弹到空中,径直落入下一个人手里。大多数投篮都偏出了筐。德文投了个空气球,泡椒紧随其后。山峰的面积在急剧缩小,愈发不稳,凹凸不平。大概一分钟过后,另一块巨石飞入云层,球队被迫紧紧站在一起。

每个人都投过一次之后,球飞回到雨神手里。

雨神试着冷静下来,但每次出手,不均匀的呼吸都让他心神不宁。他在继续颤抖。篮球滚过雨神颤抖的手指,飞向篮筐右侧偏出。山峰崩裂,又一块巨石掉落下来,就要塌了。

"我还要不要投篮?"雨神环顾四周,心想。如今身在这个地方,只是因为当初的失败吗?

这个词始终在雨神脑中回荡。失败。不是荣耀,就是失败。没有其他选择。

就在刚刚,他见识过失败的样子。石头坠入迷雾,宣告雨神失败。他的胃里又开始翻腾。

"加快速度!"泡椒喊道。

维恩命中投篮,他后撤一步,擦擦脸上的汗水。然后是维恩、竹竿、杰罗姆、阿墙,两个板凳球员,两个得分能力较差的大个子,他们都命中了投篮。还有6个人没投进过。下一个轮到拉布。他的出手再次偏出,自己也被巨响吓得连连后退。

"集中注意力!"杰罗姆乞求道。

球来到雷吉手里。他靠近悬崖边缘,大脚趾几乎悬在半空中。雷吉深吸几口气,放松肩膀,命中投篮。

第七章 下雨吧 | CHAPTER SEVEN: MAKE IT RAIN

球飞向德文，此前投篮偏得厉害的德文。

"我们死定了。"阿墙嘟囔道。

又一块巨石从山上跌落。山顶的面积严重缩小，队员被迫肩并肩站在一起。雨神能听见队友浅浅的呼吸声和叽叽喳喳的说话声，能感觉到他们在颤抖。壮翰命中一球，泡椒投篮偏得离谱，球回到了雨神手里。

雨神又投丢了。他难以置信地看着篮球跌落悬崖，胃里一阵作呕。又是一块石头跌落。

"加把劲儿啊，雨神！"维恩喊道。

雨神的整个身体都在颤抖，不知是出于恐惧还是失望。他能感觉到身体的压力，好像一把慢慢合上的钳子。德文投失。拉布投失。泡椒命中投篮，握紧了拳头。但山顶的石头依然在快速脱落。3个仅存的队员挤在一起：拉布、德文和雨神。球到了雨神手里，他又投丢了。

"不是吧！"雨神喊道，回音在山间响了足足一千遍。

他不能理解发生的一切。为什么其他人都能投进？

德文投篮偏出，但拉布出手命中，他松了一口气，开始下降。山顶面积太小了，雨神被挤到了边上。他试图停止颤抖，但办不到。他又投丢了。

"不！"维恩大喊。

德文拿起球，举到空中准备投篮，却停住了，等待竹竿给些建议。

"竹竿在教德文投篮。"雨神懵了，"怎么会有这样的事情？"

德文命中罚球。只剩一名球员还没有命中投篮了。

那就是他，雨神。他顿时感觉自己很矮小。雨神的内心，就像山峰一样，有什么东西破碎了。又一块石头跌落山下，这次的体积更大了。山顶几乎没剩下什么东西了。

队友被迫抓着彼此的后背、肩膀、胳膊，才能保持平衡。

雨神必须抓住队友，才能不掉下去。

"我们现在该干什么？"阿墙轻声问道。

"我们看着。"竹竿说。

雨神退缩得更厉害了。因为他的失败，全队都将面临死亡。

"这一刻到来了。"一个熟悉的声音说道，"却不是成功的时刻。接下来该怎么做？"

篮球飞向空中，再次落在雨神手上。他听见石头摔得粉碎的声音。最后一块石头了，也是大家脚下的石头。球队喊作一团。拉布和泡椒紧紧握着对方的双手。阿墙开始哭泣。维恩喊着别人的名字，这一切都在雨神脑袋里乱撞。一个声音盖过了其他人。

"投进它，雨神！"泡椒喊道。

从前，每当雨神得分时，泡椒都会喊出这句话。

又一块石头坠落深渊，听上去是最后一块了。如果雨神这次再次投丢，整支球队就将跌落深渊。他试着稳住双手，放慢呼吸。他站在小小的石头上，做了几次胯下运球，用心感受篮球与地面的撞击，以及球体表皮的凸起。

"赶紧啊！"杰罗姆喊道。

脚下的地面开始移动，雨神意识到，整座山快要塌了。

"投篮啊！"阿墙说。

雨神出手投篮。地面随即裂开。篮球离开雨神的手指，巨石塔摇摇欲坠，大家惊声尖叫。雨神睁大双眼，看着篮球旋转着飞向篮筐。他感觉到地心引力的拥抱，四肢好像齐刷刷飞了起来。雨神身体在下落，但眼睛依然看着旋转的篮球。皮球穿过篮网，命中。

下一秒，狼獾队的球员重新站在了费尔伍德球馆的地板上。雨神扑通一声坐在地上，如释重负。整支球队高喊着，欢庆着，泡椒跪在地上，亲吻着满是灰尘的旧地板。

"太恶心了，也太美了。"泡椒边亲吻着地板边说，用手背擦着舌头上的灰尘。

而巫兹纳德，就安静地站在那里。看上去，好像大家刚刚只是在球馆里训练过一样。

"欢迎大家回来，"他说，"成为一名伟大的射手，需要具备哪些素质？"

雨神震惊得来不及思考。他是否投进最后一球，已经无所谓了。他是最后一个投进球的人，是他让大家陷入危机之中。他几乎毁了大家的一切，而一切都源自他的恐惧，对失败的恐惧，对跌落深渊的恐惧，对一些他也说不上来的事情的恐惧。

你距离内心的目标越来越近了。

"想想伟大射手的内心，"巫兹纳德说，"什么东西是他缺少的？"

雨神抬起头。他本以为自己拥有射手的大心脏。但他缺乏什么东西呢？

"恐惧，"德文终于说道，"缺少恐惧。"

雨神回想起山上发生的一切。想起他的恐惧，他颤抖的膝盖。巫兹纳德点点头。

"每个伟大的射手，都无所畏惧。如果害怕投丢，害怕被盖帽，害怕输球，就不会想出手投篮。即便出了手，也是急匆匆出手。恐惧会让手肘变形，让手指硬得像石头。这样永远成就不了伟大。我们该如何摆脱恐惧？"

"勇敢面对恐惧。"德文说。

"没错，我们大家都害怕一件事情，就是让朋友失望，"巫兹纳德回复道，"打篮球就是面对恐惧的过程。如果不去面对，就会失败。我们要练习投篮一千次、一万次、两万次。如果都是站在即将倒塌的山上投篮，你就会成为伟大的射手。"

"你太恶心了。"拉布对泡椒说着。泡椒还在亲吻地板。

"今天就到这儿吧，"巫兹纳德说，"明天应该会很有意思。"

"那今天呢？"拉布难以置信地问，"今天很无聊？"

巫兹纳德没搭理他，转身走向最近的墙壁。

"不是吧，又来了。"壮翰嘟囔道。

灯光闪了一下，随即熄灭。当灯光重新亮起时，巫兹纳德已经消失了。雨神注视着墙壁，眼神重新回到冠军旗帜上。他想起了自己给父亲的承诺。

"我也要挂一面冠军锦旗在上面，"雨神曾经说过，"全国冠军的锦旗。"

可现在呢？他从来没有为球队做过任何事情。他是雨神，永远都是雨神。他的大脑在飞速旋转。他从来没有像父亲一样赢过球。雨神走向板凳席，拿起自己的球。

"你在干什么，雨神？"泡椒说。

雨神没看泡椒。他径直走向罚球线，把球举到空中。

"投篮。"雨神淡淡地说。

首先，他再也不要当最后一个投进的人了。

雨神感觉到一丝肯定。在某个地方，来自某个人的肯定。

❽ 暗室

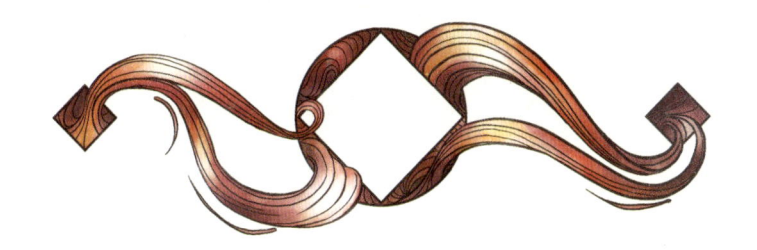

即使夜晚倍感空虚，

白天依然可以充实。

◆ 巫兹纳德箴言 ◆

第八章 暗室 | CHAPTER EIGHT: THE DARK ROOM

雨神冲进球馆，随即弯下了腰，大口呼吸着费尔伍德球馆里潮湿的空气。他还有一分钟时间就迟到了。他整晚都在做梦：坠落的高山，孤独的小岛，投丢的罚球。黎明破晓时，他终于沉沉睡去，没有做梦，然后睡过了头。一刻钟之前，雨神才刚刚醒来，不得不跑去费尔伍德球馆，粗呢背包耷拉在身后，活像一支鞭子。

"睡过头了？"泡椒问道。

"你怎么猜出来的？"雨神回复道。

他匆匆走到板凳席。刚拿出球鞋，球馆大门就被吹开了。狂风一如既往地呼啸而入，但这一次，伴随着冷空气进入球馆的，还有一团雪花。雨神眼看着雪花飘起，凝成模糊的形状——疯狂的球员、球迷，还有一个硕大的雪球，沿着弧线向中场滚去。随着一声尖叫，各种形状如同蒸发了一般，碎裂成一团雪花，一碰到地板，就立刻消失不见。巫兹纳德随后走进球馆，拂去西装肩膀上新鲜的雪，走到球场正中间。

"我还在做梦吗？"拉布嘟囔道。

"梦来得快去得快,"巫兹纳德说着,走到球场中圈停下,"仿佛一缕烟飘散。问题在于,你是否能够找到梦境的内涵。"

壮翰揉揉太阳穴:"教练,现在就教哲学,太早了吧。"

"我有梦,"泡椒说,"人需要做梦。有时候梦想让人前进。"

"如果没有远见,梦想毫无意义。"巫兹纳德反驳道,"不要去做梦——而是要立下志向。找到通往梦想的阶梯,一级一级爬上去。选择要正确。如果不用工作,不去牺牲,就能实现梦想,梦想毫无意义,不会给你带来快乐。通往你梦想的道路必定是布满荆棘的。"

雨神站起身来,用脚趾肚跳跳。为梦想拼搏,他准备好了。

但你准备好经受磨难了吗?

雨神皱皱眉头。一阵寒意袭来,雨神四处寻找着魔球。魔球没在。

做好准备。

"面对我站成一排,"巫兹纳德说,"你们其中 3 个人已经捉到了魔球。我能看到大家的一些变化。其他人必须保持专注。当机会来临时,必须准备好。"

雨神瞥一眼其他人。已经有 3 个人捉到魔球了?他还以为只有德文捉到了。

再一次,他被落下了。

巫兹纳德双手背在身后,开始踱步。"今天大家主要练习集体进攻。之前已经练习过传球、视野和投篮。但篮球不是一个人的比赛,而是很多人的比赛。"他转向雨神道,"即使是最伟大的球

第八章 暗室 | CHAPTER EIGHT: THE DARK ROOM

员,也不能单枪匹马赢下比赛。"

雨神和巫兹纳德四目相接。如今的他已经明白了这个道理。单枪匹马赢下比赛,这个想法已经在昨天的山上被彻底忘记了。

"任何时候,对防守我们的人多去了解了解都是好事,充分利用自己身材和速度的优势,但在那之前,我们必须明白整体进攻意味着什么,所以我们要把优势拿掉,创造出条件完全相同的防守者。"

球馆里一半的灯突然灭了,没灭的灯都正对着队员,怪异地一闪一闪。雨神转过身,看见自己的影子在身后慢慢伸长,像夜晚一样漆黑。他皱皱眉头,面向巫兹纳德,内心满是疑惑。巫兹纳德刚才在说些什么?防守球员和进攻球员完美对照,这种事情怎么可能发生?

"我们要学会如何作为一个集体去进攻。但首先,我们需要一些防守球员。"

雨神感到一阵寒意爬上脖颈。他挠挠脖子。尽管球馆总是热得让人喘不过气,但此刻他依然打了个冷战。雨神心不在焉地回头看了一眼。他后悔不该这么做。

雨神的影子站了起来。而且不只一个影子站了起来。

"小心!"他喊道。

10个影子站了起来,抖动着四肢,步履蹒跚地走着,好像刚刚从长长的午睡中醒来。随着影子不断伸展四肢,身体的形状好像创造着完美的三维模型,除了颜色如柏油一般漆黑,脸上没有五官,非常吓人。眼前的一切,好像雨神被完美地从世界上切除,只留下雨神空空的人形。一想到这里,雨神便觉得更加恐怖。

"这……这些就是……?"维恩讷讷地说。

"来看看今天的防守球员吧，"巫兹纳德说，"你们应该对他们很了解。"雨神的影子向前一步，伸出手来。那只手细长苗条，异常眼熟。雨神犹豫了一下，然后握了上去。那感觉干涸、冰冷，雨神感到一阵刺痛从胳膊传到身体。影子向雨神微微点头，伸出一条胳膊，在胸前伸展。

"防守球员，各自落位吧。"巫兹纳德说。

首发球员的影子迅速落位，在篮筐前方摆出二三联防阵形。

"谁来防守谁，我想已经很明显了，"巫兹纳德继续说，"但是我们不过对攻——大家只要练习进攻就行。一组接在另一组后面，大家跟平常一样打战术，首发球员先上。"

巫兹纳德传球给泡椒，泡椒看着对面等待中的影子，扮了个鬼脸。

"站成一排。"他低声说道。

雨神、拉布、竹竿、阿墙四个人向前一步，看上去明显不情愿。雨神走到习惯的位置，影子紧紧跟随，重心压得很低，脚步活像个巨大的螃蟹。

"这可乱套了，"雨神说着，眼睛看向……呃……这不知道是什么的东西，"你是……活的吗？"

他的影子耸耸肩。

"好吧，"雨神说，"这问题问得太傻了。"

"雨神！"泡椒把球扔给雨神，嘴里大喊着。

雨神接住球，影子随即逼近，防得很紧。雨神开始运球，身体保持在移动的影子和球之间，尽量拉开距离。但影子伸开双臂，紧紧跟随雨神，不让他步入禁区。

雨神快速向左假动作一步，然后向右突破。但影子早已准备

第八章 暗室 | CHAPTER EIGHT: THE DARK ROOM

好了。它没有被假动作骗到，而是向右挡住雨神突破的路线。雨神尝试相反方向，但依然无功而返。雨神意识到，影子非常了解自己平时打球的方式，对惯常使用的招数早已有所准备。雨神皱皱眉头，把球回传给泡椒。

泡椒尝试攻击左路，但拉布同样没办法拉出空位投篮机会。最终，泡椒低手传给竹竿，竹竿使出一招极不常用的转身跳投，球被竹竿瘦长的影子候个正着。

"首发替补，调换位置。"巫兹纳德说。

一小时很快过去了。雨神被封盖了两次，球也曾从手里直接被掏掉过。整个过程让雨神万分沮丧：他的影子速度飞快、攻击性极强。最糟糕的是影子对自己的进攻偏好了如指掌。雨神从来没有经历过如此完美的防守。他寸步难行。

替补球员也没好到哪儿去。雨神眼看着替补球员在场上挣扎不已，终于意识到发生了什么。每当篮球传到某个球员手上，那名球员就会试着和对手单挑。他们平时可不是这么打球的。有时候会有掩护，但最主要的是不断移动，直到球队寻找到攻击机会。但在今天，这样的事情一次都没有发生。

雨神喝光水壶的水，重新走上球场。他需要迸发更多创造力。他尝试过后仰跳投，快速转身，但依然毫无效果，一次又一次被影子挡住。雨神很快便大汗淋漓。他想尽办法突破内线，但影子防守人却不知疲倦。

这些影子从来不说话，但开始嘲弄对手。泡椒和拉布的影子不断撞胸庆祝，阿墙的影子用胳膊锁住阿墙的脑袋，又用膝盖垫了他一下。但大多数时候，影子的防守干净而强硬。巫兹纳德叫停了训练，让大家喝水休息。队员们大口喝着水，影子则不耐烦地在场上等待。

"为什么输了？"巫兹纳德问道。

雨神一口气喝了半瓶水，打了个响嗝，水从嘴角流到下巴。

"我们都是在一打一，"雨神说，"我猜我没特别想过，但事实很明显。球队的计划是把球传给机会最好的球员，但我们没做到。太难了，因为这些……这些东西知道我们怎么打球。"

雨神没提到的一点，是他自己一定是那个"机会最好的球员"。他之所以没特别想过，是因为他几乎总能有办法得分。但如今，他看到了问题所在。

"如果他没办法得分，会发生什么？他是怎么做的？球队怎么赢球？"

巫兹纳德微微一笑："说得很准确。"

"但篮球就是这么打的啊，"泡椒说，"没错，可以传球，可以掩护，但到决战时刻，还是需要把球给能投篮的球员。这就是篮球。职业球员都是这么打的。"

"绝大多数情况下是对的。但比赛除了 5 个球员单挑另外 5 个球员之外，就没有其他东西了吗？如果真的是这样，我们为什么不分开训练？为什么还要在一起训练？"

泡椒挠挠胳膊："那个，我们还是需要相互传球啊……"

"你们进攻的方式，和绝大对数人进攻的方式一样。一开始很有效，但很快就不再奏效了。对于世界上大多数技巧高超的球员来说，如果是一对一单挑，总能找到自己的优势。但对于其他人来说，就必须自己创造优势。而只有借助整支球队的帮助，才能达到这一点。"

"可是……"泡椒说。

第八章 暗室 | CHAPTER EIGHT: THE DARK ROOM

"如果我们作为一支球队防守，就作为一支球队进攻。交流、计划、审时度势。"

"可是……"泡椒还是想说。

"我们拧成一股绳来进攻。首先，从简单的聚光灯开始。"

雨神皱皱眉头。聚光灯？这次巫兹纳德又在说些什么？

"请各自落位。"

雨神慢慢跑到右边侧翼，影子紧跟着他。余下的灯光突然暗了下来。雨神的影子在昏暗的灯光下逐渐变大，愈发吓人。影子已经长高了好几厘米，胳膊和手指也都长长了，手指活像爪子。球馆更加昏暗了，雨神退后了一步。

恐惧总在黑暗中滋生。

泡椒把球传给雨神。雨神的影子试图抄截，但雨神用肩膀把影子挤开，左手接住球。黑暗像是突然有了形状，压迫到雨神身上。雨神感觉到什么东西一闪而过——那是一段回忆，一个熟悉的耳语。

一束光照在雨神身上，影子不由得退后几步。刺眼的白光掺杂着零星的黄色，在雨神身上打出了圆形的光影。但就在雨神思考该如何进攻时，黑暗再度来临，眼前的一切很难看清。雨神的影子再次长高，凶狠地掏着球。

"这是怎么回事？"雨神嘟囔道。

巫兹纳德什么都没说。灯光继续暗下去。雨神意识到，不用多长时间，自己就会被黑暗吞噬。他的影子依然在长高——已经接近 7 英尺（约 2.13 米）了。

"竹竿！"雨神喊道。他做了一个反弹传球的假动作，然后把球吊到内线。

雨神刚一传球,竹竿便闪现出来,身上被同样神秘的聚光灯照得发亮。

"传球,"竹竿说,"是传球把大家点亮了。"

"选择能够照亮整个球场,"巫兹纳德表示赞同,"每个人都移动起来,黑暗就消散了。"

雨神思考着巫兹纳德的话。选择,也就是竹竿能够传球的人。

雨神空切到底角,随即被白光照亮。竹竿传球给雨神,雨神运了几下球,准备突破。但他延迟了一下,灯光随即熄灭了,球队的灯光也灭了。

泡椒切入侧翼,聚光灯照在他身上。雨神把球传向泡椒。

这一次,他没有等待黑暗到来。

雨神切入禁区,照亮了突破的路线,泡椒将球传给雨神。拉布冲向远端的底角,雨神传球给他。所有首发球员都开始移动。他们别无选择。

如果他们停滞不动,黑暗程度便会加深,球也会丢掉。但如果他们开始移动、空切、掩护,球场就会越来越亮,影子防守者也开始挣扎。

一次进攻中,竹竿在左侧底线接球,雨神意识到竹竿看不见位于右边侧翼的自己。通常来说,雨神会伸手要球,等待战术重启,但他没有时间。黑暗极速靠近,影子如影随形,好像噩梦中出现的幽灵。于是他突破到弧顶,高喊着伸手要球,聚光灯直接打在了雨神身上。竹竿传球给雨神,雨神轻松上篮得分,逐渐缩小的影子跟不上雨神,更没办法盖到他。

"传得漂亮,竹竿,"雨神说。竹竿高兴得红了脸。

第八章 暗室 CHAPTER EIGHT: THE DARK ROOM

"再来一次。"巫兹纳德说。

球队训练了大概好几小时——首发替补轮换喝水，练习巫兹纳德口中"聚光灯进攻"战术。规则很简单：如果有人没跑出空位，全队就会迅速陷入黑暗。因此，每个人都积极参与每次进攻。

平生第一次，雨神给队友做掩护。他切入禁区，冲抢篮板。雨神的影子永远不知疲倦，却经常撞上雨神队友的掩护，或是在聚光灯的照射下缩小身形。雨神一次又一次成功得分。竹竿也从来没得到过如此多的触球机会。他不断在禁区内外移动，展现出惊人的传球意愿。当雨神接到竹竿手递手传球，轻松上篮得分之后，巫兹纳德叫停了训练。

"大家坐下来看，"他对球队说道，从背包里拿出雏菊盆栽。又对影子说道，"先生们，谢谢你们。"

屋顶的灯光亮了起来，影子球队消失了。雨神抓起水壶，用湿透的衣袖擦了擦脸，和队友一起坐成圆圈。

他在心里默默练习着战术。现实逼迫他去适应这一切，去和队友并肩作战。

这样子打球，的确更简单了。

"你们在训练中看到了什么？"巫兹纳德问道。

"移动。"雷吉说。

"还有呢？"

"团队。"竹竿讷讷地说。

雨神瞥了眼竹竿。从他的声音里，雨神听得出骄傲，听得出敬畏。在此之前，竹竿从来没有像今天这样融入球队，成为球队的一分子——至少在进攻端从来没有过。当然，竹竿怎么可能参与进攻呢。雨神从来都是一个人大包大揽。

"我领导的人到底是谁？"雨神心想。

巫兹纳德安静了下来，雨神转向那朵一动不动的雏菊，喝了一口水。如今盯着雏菊看，感觉也没那么奇怪了，尤其是这已经成了每天的例行任务。除此之外，雨神疲惫的四肢也需要休息。他试着将目光专注在花朵上，但和之前一样，雨神的大脑在不停乱想。此刻的他，正想象着球馆被"雨神"的欢呼声环绕。

屋子里静止了，这感觉比安静更加深沉。

雨神抬起头，看见魔球在球场中央飘浮。他感觉一阵寒意袭来，身子不住地颤抖。雨神意识到，这寒意并不来自魔球，而是来自自己内心。

终于，雨神找到了寒意的源头。

"又来了。"拉布轻声说。

就在这时，除了德文、竹竿、杰罗姆之外的所有人，都向魔球加速冲去。雨神不敢相信，竹竿已经捉到了魔球。他感到内心燃起竞争的火焰，准备好加入追逐魔球的队伍中。

冰冷的火焰，好过炽热的火焰。它缓缓燃烧，恰到好处。这是一种可控的力量。

在此之前，雨神设想过比赛的结局：他疯狂地拼命抢球，嘴里大声高喊，突破到重重包围中，然后高难度投篮。他一直带着内心的火焰打球，但也许这也蒙蔽了他的视线，替他做了决定。

雨神吸了口气，追逐着魔球的动向。他像一只警惕的老虎一样，随时观察着魔球，动作幅度很小，肩膀微微扭动，脚步慢慢移动。雨神步步逼近魔球，时刻调整位置、角度，确保魔球在自己前方。

魔球突然在雨神面前停了下来，不停跳跃。但雨神感觉得到，

第八章 暗室 | CHAPTER EIGHT: THE DARK ROOM

魔球不会轻易让自己捉到的,他要用行动争取。他最后深吸了口气,扑了上去。

雨神先是假动作向左,而后直接扑向右边。如他所料,魔球逃脱了他的进攻,阅读出他的假动作,像子弹一样飞向雨神左边。雨神转过身,伸出右手,直接抓住了魔球。整个球馆突然消失了。

他发现自己来到了一间暗室。

暗室的灰色地板光泽暗淡,好像地下室的水泥地一般,延伸到看不见的阴影之中。四周的一切都是黑色。恐惧感笼罩了雨神,从肚子里,从骨头缝袭来,顺着皮肤不停地爬。雨神周身的每一块肌肉都紧张了起来。这是雨神此生最害怕的一次。他颤抖着,抱紧了自己。

为什么魔球要带自己来这里?自己应该做点什么?

雨神的眼前突然一闪。黑暗中,一个形状出现了。

"你好?"雨神呼喊道,"你是谁?"

那个形状再度开始移动。雨神屏住了呼吸;整间屋子里只剩下他心跳的声音。

黑暗中,一个男人的轮廓逐渐明晰。

"爸?"雨神低声说。

雨神的父亲走到灯光下:"你好,雨神。"

他比雨神记忆中更加消瘦,一头黑色卷发向后梳,额头上留有美人尖。他的眼睛曾经像两颗杏仁,如今更小,更黑了,但整体的特征保持一样——雨神清楚地记得。他每天都盯着父亲的旧照片。每天都回想着自己和父亲共同度过的时光。他试着穿过父亲留给他的褪色牛仔裤,看看到底什么时候才能把裤子撑起来。

雨神从来没有忘记父亲。

"你好。"雨神轻轻地说。

他梦想着、恐惧着，又无时无刻不在计划着与父亲重逢。他总是以为自己能够在不经意间再次遇见父亲，和他热情相拥。但眼下，雨神突然迟疑了、警惕了。他待在原地没动，眼睛看着父亲。

"看到我，感觉你很惊讶，"雨神的父亲说，"为什么？"

"我以为……"雨神的声音哽咽了，"我以为你死了。"

"是以为……还是希望？"雨神的父亲问道，细细的眉毛微微上扬。羞愧的感觉包围了雨神，但眼下他很难说谎。或许，他不可能说谎。身边的黑暗感觉成了镜子，无论看向何方，看到的都是自己的恐惧。他不在乎了。

"我……也许是希望吧。"雨神承认道。

"为什么？"

雨神看向一旁："因为这样的话，就能解释你为什么从来没回来过了。"

"啊。"雨神的父亲摊开双手。

"那么你看看，我没死。你心里知道我没死。这也是为什么我现在就在你面前，对吗？因为你害怕我还活着。"

雨神的父亲走近一步，眯起小眼睛，双手示意雨神。

雨神没有动。

"但即便你害怕我还活着，你还是想让我回来。这是你的计划。这也是你为什么逼迫自己成为最强的球员，为什么如此努力刻苦。"雨神的父亲看着雨神的脸，"还有其他事情让你感到恐惧。什么事情呢？"

雨神眼神盯着黑暗，不敢说话。但答案已经出炉了。

"告诉我吧。"父亲坚持道。

第八章 暗室 | CHAPTER EIGHT: THE DARK ROOM

"害怕你选择离开,"雨神说,"害怕你抛弃我,抛弃弟弟拉里,也抛弃妈妈。"

雨神感到眼泪从脸颊流下,舌头尝到了眼泪的咸味。

多年以来,雨神一直强忍住泪水,如今却泪如雨下。他感到无比愤怒,却无法控制。羞耻感让他哭得更厉害了。他不想在父亲面前流泪,不想表现出自己被伤得有多深。父亲离去后的每一天,雨神的心都在受伤,甚至无法呼吸。

雨神想过变得更加坚强,更加愤怒,但泪水依然止不住地往下淌,直到嘴巴里都是苦涩的眼泪。

"没错,"父亲回复道,"我的确抛弃了你,抛弃了你妈妈,还有你弟弟。"

父亲靠得更近了,距离雨神只有几厘米远。雨神甚至能闻到父亲脸上须后水的味道,还有烟味。4年来,这个味道始终在雨神身边挥之不去。

"但还是不在点子上,"父亲说,"还有更深层次的原因。因为什么,儿子?"

雨神感觉到双手在颤抖。那个字,那个破碎的承诺。泪水如洪水般汹涌袭来,冲破内心破碎的墙壁。父亲说得没错,雨神内心的伤疤依然在加深。

雨神连脸上的泪水都没擦,转身面对父亲。

"为什么?"雨神轻声说道,"你为什么走?"

"我在这里不快乐,"父亲说,"无论是在家里,还是在工作,我都不快乐。我想离开。"

"但是为什么?"雨神尖声大叫。他完全失控了,什么都不在乎。

父亲笑了，虽然笑容冰冷。与其说是微笑，不如说是假笑。

"现在我想我了解了，但你告诉我，为什么你真的觉得我离开了？"

雨神半晌没有回话，只是呼吸忽快忽慢，眼睛盯着父亲。

与此同时，一切真相不断在雨神身边重现。彻夜不眠的夜晚，镜子前度过的一分一秒，绝望的压哨出手。他强迫自己与一切隔离开来。

"我做得不够好，"雨神终于说道，"我不值得你为我留下来。"

更多泪水流下来，最后一座大坝已经沦陷。当然，这就是事实。雨神一直想忘记的事实，一直想竭尽全力改变的事实。他试过成为更强、更快、更好的球员，试过达到这一切。但一切都没用。

因为最终，他觉得自己辜负了父亲。

"是这样。"雨神的父亲说，"所以你把自己孤立起来。你的球队不能像我一样让你失望。你也不可能让他们失望。所以你独自一人打球，独自一人做梦。你渴望孤独。"

"你有新家了吗？"

"成家了。我有个两岁多大的儿子。他很壮实，以后应该也会打球吧。"

雨神被深深打击了。他用衣袖擦擦鼻子，涕泗横流。

"你还会回来吗？"雨神问道，尽管自己也不确定想得到怎样的答案。

"得看情况。"

"看什么情况？"雨神问道。

父亲笑了："看你。"

第八章 暗室 | CHAPTER EIGHT: THE DARK ROOM

雨神立马懂了。他的计划越来越明晰。如果雨神成了一名职业篮球手，如果他挣了足够多的钱，带着全家离开波堕姆，父亲就会回来。但这真的是他想要的吗？一个只想着钱的父亲？这不是他想象中家庭的一部分，但这又是否聊胜于无？为什么自己得不到想要的家庭？

雨神盯着面前的这个男人，这个他崇拜了太久的男人。

"你不是我爸爸，"雨神说道，"但我爸爸真的还活着……对吧？"

"我没有说谎，"父亲说，"在这个地方，谁也不能说谎。"

尽管听上去如同万箭穿心，但雨神还是点点头。父亲离他们而去，不再回来，因为他想这样做。他从来没给家里打过一通电话，写过一封信。他抛弃了整个家庭。

有那么一瞬间，雨神感觉自己快要垮掉了。肺里的空气被抽离，肩膀垮下来，胃里阵阵疼痛。但尽管遭受如此多的痛苦，他依然没有崩溃。

他见过恐惧的样子，他依然屹立不倒。

"现在你可以走了。"雨神轻声说。

雨神的父亲看了他好一会儿，然后在黑暗中慢慢消失。雨神把脸埋在双手里，开始抽泣。即使是现在，即使经历了这么多事情，他还是想追逐父亲的脚步。他想要父亲回来，想要他看一场自己的比赛，然后告诉自己，自己值得父亲等待。

雨神跪倒在地上，不知道自己还能不能走出这间屋子。

"你还会再见到他的。只要你继续跟随他的脚步，他就会回来。"一个声音说道，熟悉而低沉。巫兹纳德出现在雨神身边，见到巫兹纳德，雨神竟然有种如释重负的感觉。

"我为什么会在这儿？"雨神低声说，"你想从我这儿得到什么？"

巫兹纳德沉默了一会儿，说道："有个朋友有次问我，为什么我这辈子可以做很多事情，却选择做篮球教练。用她的话说，为什么我花费时间，只不过为了研究一场比赛。我告诉她，我研究的不是比赛，而是人。体育把人与人连接在一起，这是其他事情无法比拟的。体育揭示人类的内心。目标很简单，而真正让一切改变的，是人。"

"你在说些什么？"雨神问。

"我的意思是，如果你想成为一名更好的篮球运动员，就要成为一个更好的人。每个人都有属于自己的暗室，都有自己的伤疤。但真正的冠军，会放下一切，勇往直前。"

"这太难了。"

"如果不难，就不值得去做了。"

雨神思考了好长时间，然后站起身来。

"我的恐惧……已经消失了吗？"

"没有，"巫兹纳德说，"前方的路还很长。但今天，你知道了该走哪条路。"

暗室消失了，雨神回到球馆，站在昏暗的灯光下。

"你没事儿吧？"泡椒跑过来，急忙问道。

雨神想起，自己如何疯狂地思念父亲，多年以来如何掩盖自己的伤疤。如今，伤疤被揭开，暴露在外。过去雨神所做的很多抉择，在今天看来都赋予了新的意义。雨神内心满是伤痕，充满恐惧。但他仍然坚持着走下去。

他因此更加坚强。他的问题得到了解答。他值得留下来。

雨神点点头："嗯，我没事儿。"

⟨9⟩ 金字塔

总有黑暗更加深邃。
寻找，面对，
须知长夜总会过去。

◆ 巫兹纳德箴言 ◆

第九章 金字塔 | CHAPTER NINE: THE PYRAMID

　　第二天一早，雨神走进球馆，感觉浑身轻松。一切本来不该有任何变化。地板依然咯吱作响，在上面每走一步，响声都像在抱怨不停。空气依然混合着发霉、汗水、东西腐败的味道。灯光依然昏暗无比。

　　但今天，费尔伍德和从前不一样。一切或许都不一样了。

　　昨晚，雨神从包里拿出那张纸条，团成一团，丢掉了。

　　"早上好啊，哥们儿。"壮翰摘下一个篮板，对雨神说，"你看着很累啊。"

　　"我是很累，"雨神回复道，"没怎么睡觉。但……我也不知道，就是感觉很清醒。"

　　"这不合理啊。"

　　雨神哼了一声："过去这几天就合理是吧？"

　　"说得也对。"

　　雨神俯身坐下，穿上球鞋。今天的他，没有注视墙上的冠军旗帜。在挂上属于自己的旗帜之前，他不会再往墙上看了。他盯着自己的背包,没有纸条,没有过去的回忆。

只有一颗篮球。

巫兹纳德走过板凳席,走上球场。雨神站起身,其他球员赶紧跑上球场。雨神注意到,巫兹纳德没挎着熟悉的黑色包。这还是头一回。

巫兹纳德停住脚步,双手扣紧,绿色的双眼扫视球员。视线最终落在雨神身上。

巫兹纳德的瞳孔里,雪山再次耸立,美不胜收。

"距离训练营结束还有两天。还有两个人没有抓到魔球。训练营结束之后,我们会回归正常的节奏,一周练三个晚上,直到新赛季开始。训练的内容,就是我们之前反复讨论过的东西,直到一切成为身体的本能。闲暇时间,你们要保持内心专注。阅读,学习,学会看透事物。内心和身体是相互连通的。忽视了其中一个,另一个也不会成功。"

巫兹纳德转过身,走向球馆前门。雨神皱了皱眉头。

"今天没有训练吗?"泡椒问道。

"有啊,"巫兹纳德回答道,"只不过你们不需要我了。"

"我们应该干点儿什么?"雨神说。

巫兹纳德回头看看:"交给你们自己决定。"

一阵狂风把球馆大门吹开,巫兹纳德大步走出球馆,消失在上午的阳光里。现如今对于球员来说,这一切已经再平常不过。

但接下来发生的事情并非如此。大门在巫兹纳德身后重重关上,随即消失在墙壁之中,只留下无法穿越的煤渣砖。

雨神不安地扭扭身子。出入费尔伍德球馆唯一的大门刚刚消失了。球队被困住了。

第九章 金字塔 CHAPTER NINE: THE PYRAMID

"完美，"泡椒嘟囔道，"我猜，他是想确保我们不会早早回家。"

"我不太确定。"竹竿轻声说道，环顾着球馆四周。

话还没说完，墙壁里面的某个地方，突然发出一声低沉、刺耳的巨响，好像一只沉睡许久的龙咆哮着醒来。

地板开始抖动，球馆两边较长的墙壁开始移动。不对，应该是开始并拢。墙壁不断向内滑行，好像巨大的汽车救援车。

球队被困在中间。

"这不可能。"维恩轻声说。

"可能或者不可能，这事可太主观了，"拉布讽刺道，"有想法吗？"

墙壁继续前进，划过木地板，撕碎墙上的冠军旗帜。

雨神眼睛盯着余下的门——更衣室的门。他冲上前去，但刚跑到门口，门已经化成了灰烬。雨神咒骂着拍打墙壁："现在该怎么办？"

"或许应该再试试投篮？"维恩建议道。

队员们拿起篮球，跑上球场，跳投、上篮、三分，直到个个浑身湿透，筋疲力尽。但墙壁依然在持续移动。

"没用的，"拉布说，"两天前我们练过投篮。巫兹纳德不会让我们做重复劳动的。"

"他准备用什么结束？"雨神嘟囔着。

球馆里没有大门，没有窗户，没有逃生的出口。他们应该怎么做？

"我们得让墙停下来，"德文说。

整个训练营期间，雨神都很少听到德文说话。但现在，德文的声音响彻球馆。雨神跑向看台,用力想把看台举起,但不管怎么使劲,看台依然纹丝不动。

"来帮忙啊!"他大喊着。

其他队员也冲了过来。看台是一体化构造,大概30英尺(约9.14米)长,足有10排。建造的年头太久远了,材料选用的是纯钢,沉得要命。

即使来10个人,想要挪动看台依然非常费劲。队员个个都拼了命。

"从旁边搬!"雨神喊道,"我数到三!一……二……拽!"

队员再次想用力举起看台,嘴里大声叫个不停。雨神用尽全身的力量,双腿扎进地面。一切都很及时。

当队员把看台挪到正确位置时,看台两端距离墙面只有1英尺(约30厘米)远。

雨神弯下腰,气喘吁吁,大汗淋漓。

他沮丧地看着墙壁不断内移,和看台两端亲密接触。耳边传来金属摩擦刺耳的声音,巨大的钢制看台开始从中间折断,好像是稻草做的一样弱不禁风。

"用板凳!"竹竿大喊着,跑向客队板凳席。

雨神抓起另一个板凳,但即便把板凳反转过来,他也知道这于事无补。

"巫兹纳德!"泡椒喊道,"帮帮我们啊!有人吗?"

泡椒开始击打墙上的砖头,那是大门的位置,但拳头打在墙面上,却连点儿声音都没有。

雨神清楚,没人能听见他们在球馆里的呼喊,毕竟墙壁又厚又重。球队被困住了,却一点办法没有。

第九章 金字塔 CHAPTER NINE: THE PYRAMID

"他搞这些训练，就是想杀了我们？"拉布大声喊道，他有些不知所措。

维恩拿起手机打电话："他不接电话！"

雨神呆呆地转过身，眼看着费尔伍德球馆四分五裂，轰然崩塌。

奇怪的是，一切看上去又恰如其分。冠军旗帜没了。板凳没了。雨神所有的旧回忆也没了。

一切都毁了。雨神的整个世界，和他本人一起被挤在中间。

也许，雨神为了找寻自己的伤疤，已经花了太长时间。他低头看向自己的双手，内心麻木，等待结局的到来。

生命里第一次，他不再去想自己该做什么，未来是怎样，或是怎样带着家人离开波堕姆。

现在的他，想的是和母亲一起吃顿晚饭，和弟弟一起打篮球，去看望好久没有看望过的奶奶。

这是他想要的东西。其他的事情，真的都不重要了。

"看！"德文叫喊着，手指指向上方。

雨神跟着向上看去，内心满怀希望……但希望很快破灭了。球场 20 英尺（约 6 米）上空，悬浮着黑色的魔球。雨神已经能够感觉到胳膊上的寒意。

"真是来得好。"泡椒吼道。

墙壁已经逼近了球场。几分钟之后，所有球员就将丧命。

"我们有人能逃出去啊！"竹竿说。"你可以消失，还记得吗？"

"只有那些还没抓到魔球的人才行，"雷吉说，"只对他们有效。"

拉布和泡椒隔着球场，看着对方。雨神能看到他俩的表情：他俩都没抓到过魔球。

其中一个人仍然可以逃离这一切，但代价就是把另一人留在这里。雨神想起了弟弟拉里。他怎么能抛弃弟弟而去？当然不行。拉布和泡椒会如何选择？

"到看台上面去！"拉布大喊。

球队爬上正在折叠的看台。看台遭受墙壁挤压，越来越高，几乎成了倒 U 字形。球队爬上这堆废铁，不断向上攀爬。

拉布伸手去抓魔球。

"太远了！"他大喊。

墙壁之间的距离越来越近，吞噬着、挤压着、摧毁着中间的一切。

球队看上去已经绝望了。这一秒，他们似乎又输了。

雨神没了主意，没了灵感。他站在原地，呆若木鸡。

他本应是球队的领袖，本应告诉大家该如何做。但他意识到，自己做不到。他给不了所有问题的答案。有时候他也会害怕，也会迷失，也需要帮助，也时不时需要队友来领导球队。

但或许，他从未给过队友机会。

或许，他已经等了太久。

德文爬下来，伸出胳膊和腿，顶住弯曲的金属板凳。

"来啊！"他喊道，"我们来搭个金字塔！"

竹竿、阿墙、壮翰和雷吉立马在德文旁边蹲下来。

雨神看着他们，意识到自己只是一块砖，一块让泡椒和拉布踩着登顶的砖。他只是球队的一分子，仅此而已。

雨神没有多想，爬上队友的后背，旁边站的是杰罗姆和维恩。

第九章 金字塔 CHAPTER NINE: THE PYRAMID

人形金字塔的根基并不稳当，摇摇欲坠，但还是挣扎着，挺立着。

泡椒踩着雨神的后背爬了上去，雨神的脸都疼得扭曲了。拉布快速从另一边爬了上来。

雨神看不见队友的动作，只专注于自己的双手、自己的职责。如果他放弃，整个金字塔也将坍塌。

他知道，大家都在期待有人能够抓住魔球，让墙壁停止移动。他愿意相信，大家都会获救。

但显而易见，无论是谁消失，都会活下来，其他人则将被墙壁压扁。一切都不重要了，即使他的生命就要在此结束。

雨神看看球馆。墙壁之间只有不到10英尺（约3米）的距离了。看台已经成了一堆废铁，球网耷拉在篮筐上，篮板玻璃碎了一地。

"一切都没了，"雨神心想，"过往的一切都没了。"

他突然看见巫兹纳德蹲在自己前面，眼神闪烁。

"看看你身边，"巫兹纳德说，"你看到了什么？"

"结局。"雨神轻声说道。

巫兹纳德笑了："我看到的是开始。"

说完，巫兹纳德便消失了。墙壁离雨神如此之近，他甚至能摸到墙壁。雨神闭上了双眼。

"一……二……三！"泡椒喊道，"走！"

雨神感到后背针扎般疼痛，随后又突然消失了。墙壁突然停了下来，随着一声低沉的轰隆声，开始向反方向移动。

"狼獾万岁！"泡椒喊道。

"狼獾万岁！"雨神紧跟着呐喊。

泡椒从队友的背上爬了下来。人形金字塔，在欢声笑语中解体。

随着墙壁逐渐向两边撤离，看台恢复了原状，回到原位。

一阵风掠过，冠军旗帜重新缝到了墙上。破碎的玻璃飞向空中，重新组成两块崭新的篮板。

费尔伍德球馆恢复了原样。

但对于雨神来说不一样，一切都焕然一新。

队员相互击掌，庆祝，松了一口气。

雨神环顾球馆，心里想着巫兹纳德的话语："我看到的是开始。"

球馆看上去的确焕然一新。雨神笑了。

"有没有人想打场球？"雷吉问道，"我们球馆这么棒。"

"来吧！"泡椒锤着胸脯说，"谁想加入我的冠军之队？"

"那个，我只能带4个人。"壮翰说。

拉布回到球场，球队分成首发和替补两队，开始打比赛。

没有老虎、没有视野、没有规则。

大家打着街球，扔着不着边际的空中接力，飘射远距离三分，大声嘲笑着彼此不靠谱的出手选择。

但没人想输球。大家奔跑着，拼抢着，努力防守对手。

他们像10个好朋友一样打球，为了快乐打球。这还是第一次。

等到大家都筋疲力尽，雨神抓起背包，准备回家。

他在门口停住了，回想着训练营第2天门上写着的问题。

答案？他仍然不确定。

"球队的领袖应该如何打开一扇门？"雨神低声说道。

他摇摇头,走开了。

他还是没有答案。

◈10◈

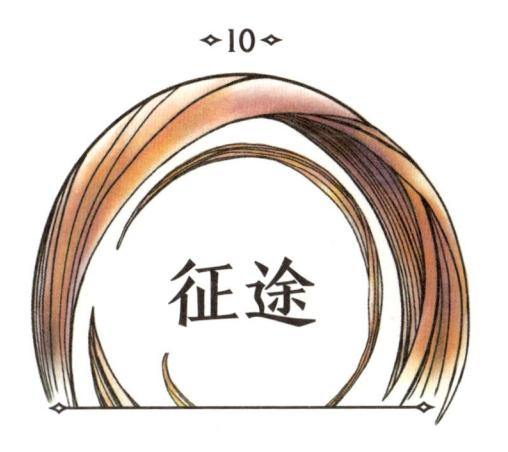

征途

你是星尘，也是光。

如果他们不能看到这一点，

你就选择将之藏起来。

◆ 巫兹纳德箴言 ◆

第十章 征途 | CHAPTER TEN: THE ROAD

对抗赛结束后,雨神回到家中,径直走向弟弟拉里,把他紧紧拥入怀中。拉里感觉哥哥额头有些烫,感觉像是发烧了,但还是嘻嘻笑了出来。雨神一直抱着拉里,等着妈妈回家,三个人一起做晚饭。妈妈看到这一幕,感动得快哭了。

雨神的篮球水平没有变得更好,梦想没有离他更近。街上依然满是垃圾,房子依然破败不堪,波堕姆依然不安全。但第二天一早,雨神走在去往训练馆的路上,看周围环境的眼神不一样了。他想象着垃圾下面埋着什么东西,如果有机会的话,植物是不是还能生长。这里的人们,是否还能重新来过。

雨神在球馆大门前停住,拉开大门。门的铰链刚刚滴过润滑油,开起门来悄无声息。雨神呼吸着雪松木地板的味道。此时此刻,球队正在练习投篮。雨神迅速换好了球衣球鞋,加入大家。这时候,巫兹纳德走进了球馆。巫兹纳德把大家召集在一起:"你们中,只有一个人没有抓到魔球。为什么?"

"因为……你叫我们这么做的?"维恩说道。巫兹纳德转身面向维恩:"但这是为什么?你找到了什么?""恐惧。"雷吉嘟囔道。

巫兹纳德点点头,转身面向北面墙壁上悬挂的冠军旗帜。"如果这世上只有一件事能阻挡你前进,那就是恐惧。想要赢得胜利,必须战胜恐惧。无论是篮球……还是任何事情。""但是……我们做到了,对吧?"壮翰问道。

"恐惧没那么容易战胜,"巫兹纳德说,"恐惧还会再度降临,大家要时刻准备。赛季开始之前,我们还有很多东西要练。至于今天,我们复习一下这些天学到的东西。"一阵抓挠胳膊的声音突然传来。

"竹竿……你对训练内容很了解。"巫兹纳德说。他开始四处走动,不断往外扔出圆锥、圆环、防护垫、多余的篮球。灯光开始闪烁,队员的影子从身后爬起来。竹竿打开更衣室的大门,老虎卡罗走了出来。过去9天训练的内容,此刻在大家身边重现。雨神眼睛看着这一切,看到的却不只是眼前的一切。他看到了未来。

"请站成一排。"巫兹纳德说。雨神和大家一起,走向球场中线。"我们先从罚球训练开始,先跑圈,等到有人命中罚球再停。练完这一项,接下来是观察雏菊。之后是运球过掉老虎卡罗,然后拿着防护垫练习防守。

"在此之后,我们在黑暗里,用发光的篮球练习'聚光灯进攻'。然后是和影子防守球员对抗。在此之后,是针对弱侧手的训练。训练的最后是投篮,还要揭开另一个小谜题。"

"还会不会有奇怪的事情发生了?"维恩问。巫兹纳德看着维恩:"奇怪的事情?""当我没说。"维恩嘟囔道。

训练开始。雨神在流沙中跋涉。球队消失了。他的右手也不见了,影子寸步不离地防守着自己。大滴的汗水落在地板上,但

第十章 征途 | CHAPTER TEN: THE ROAD

雨神没有停下脚步。时间在无休止的跑步、训练，和老虎搏斗中一点点过去。雨神心跳得厉害，但依然在努力奔跑。他感到自己的所有悲伤、所有痛苦，都随着汗水逃离皮肤。生平第一次，他感觉没那么痛苦了。

当那个熟悉的声音再次在耳边响起，雨神不再去追寻它的源头。雨神看着球队在身边训练。每个人都在努力拼搏，大汗淋漓。为什么之前自己从来没见过大家训练？为什么他以为球队就是自己一个人的？雨神突然对大家的看法非常好奇。魔球把他们带去了哪儿？他们有没有自己的暗室？每个人又藏着怎样的秘密，有着怎样的伤疤？有那么一瞬间，雨神看见了队友身上的光芒。那光芒呈现银色，就快要熔化，直射进地板。他低下头，看见自己手上也出现了这样的光芒。

"这就是格拉纳。"他自言自语道。话没说完，光芒就消散了。

巫兹纳德一声令下，训练结束。他把队员召集到一起。每个人都已是筋疲力尽，大口喝水，汗水尽情挥洒在锃亮的地板上。队员的影子消散了，老虎卡罗走回更衣室，球场上只剩下队员们。

其他人在交谈。雨神抓起水壶，喝了一大口水。他感觉焕然一新……好像一块重担终于卸下了。奔跑、训练、流汗，这样的感觉真好。听见队友的欢笑声，雨神回到队友中。巫兹纳德向球馆门口走去。

"你刚刚说过，我们还有最后一个谜要解？"雨神追上巫兹纳德，问道。"没错，"巫兹纳德说，"每个人都有一个。对了，顺便说一句，欢迎加入狼獾队。"

球馆大门在巫兹纳德身后关上。球馆里迸发出一阵欢呼，大家纷纷跑向板凳席。雨神走在队伍中间，坐下之后，他的眼神在边线前后移动。

"明天有人想要投投篮吗？""我要来。"维恩说。"我也是，"泡椒表示同意，"雨神想放松放松……你感觉还好吧？"雨神笑了："嗯，我感觉很棒。"

雨神慢慢换着衣服，想起过去两年，乃至更久之前，从他父亲离他而去那年起，一切发生过的事情。他厌倦了把自己当成一座孤岛生活。厌倦了猜想自己到底价值几何，厌倦了从离家而去的父亲口中等待答案。在波垩姆，他有身边的人。家人、队友、朋友。现在，到了他向这些人证明价值的时候了。

大家换完衣服，拉上背包，等待着彼此。雨神也一样。大家好像心照不宣，要等待彼此换好衣服，再一起离开球馆。雨神想起过去 10 天见过的、做过的事。他曾经失去了一只手，丢掉了视力，甚至差点没了性命。但他得到的东西更多。现在，该决定接下来要做什么了。至少，这决定并不难做。雨神要打球。

拉布是最后一个收拾好的人。他拉上背包的拉链，站起身来。队友跟着他站起身，一起向大门走去。雨神走在最前面，却突然停住了。球馆大门上，那段银色墨水写成，不停闪动着的问题再次出现了。

How does a leader open a door?

球队的领袖应该如何打开一扇门？

雨神笑了，然后推开门。

他走到一边，为队友撑起大门。